MPR出版物链码使用说明

本书中凡文字下方带有链码图标"▬▬▬"的地方，均可通过"泛媒关联"的"扫一扫"功能，扫描链码获得对应的多媒体内容。

您可以通过扫描下方的二维码下载"泛媒关联"APP

我渴望
Wo Kewang
那风那山
Nafeng Nashan Nahaiyang
那海洋

曹丽黎 著

经典美文系列／悟澹 主编

中山大学出版社
·广州·

版权所有　翻印必究

图书出版编目（CIP）数据

我渴望那风那山那海洋 / 曹丽黎著 . —广州：中山大学出版社，2019.7
（经典美文系列 / 悟澹主编）
ISBN 978-7-306-06564-3

Ⅰ . ①我… Ⅱ . ①曹… Ⅲ . ①散文集－中国－当代 Ⅳ . ① I267

中国版本图书馆 CIP 数据核字（2019）第 012935 号

出 版 人：	王天琪
策 划 编 辑：	曾育林
责 任 编 辑：	曾育林
封 面 设 计：	亮堂设计工作室
装 帧 设 计：	
责 任 校 对：	杨雅丽
责 任 技 编：	黄少伟
出 版 发 行：	中山大学出版社
电　　　话：	编辑部 020-84111996，84113349，84111997，84110779
	发行部 020-84111998，84111981，84111160
地　　　址：	广州市新港西路 135 号
邮　　　编：	510275　　　传　真：020-84036565
网　　　址：	http://www.zsup.com.cn　E-mail：zdcbs@mail.sysu.edu.cn
印 刷 者：	广州一龙印刷有限公司
规　　　格：	880mm×1230mm　1/32　7.375 印张　180 千字
版次印次：	2019 年 7 月第 1 版　2019 年 7 月第 1 次印刷
定　　　价：	40.00 元

如发现本书因印装质量影响阅读，请与出版社发行部联系调换

目录 Mulu

一 春

往事飘浮在流水之上。
春光太短,还来不及叹息,
落花便盖满了整个河湾。

002	三十六陂春水　白头想见江南	029	有女及笄
007	薄雪下的春天	032	单衣试酒
011	碧岩山下红尘万丈	034	少年听雨歌楼上
014	春天是怀念的季节	038	时间的渡口
017	春天里的七种植物	040	谁的眼泪在天上飞
021	江南春好与谁看	043	浮生半日闲
024	睡眠深处的温柔	046	不再将天下美景看尽
026	勇敢的心	049	青梅煮酒与山间的狂欢

我渴望
那峰那山
那海洋

Wo Kewang Nafeng
Nashan Nahaiyang

二 夏

如今有谁还在挽留岁月？
苍老的手指抚过洁白的刺绣，
破裂的沉香，百年的普洱，终于一天香于一天。

054　榴花照眼过端午
057　深山里的杨梅熟了
063　夏日香气
068　药引
071　生活总是另有深意
075　母亲节礼物
079　尘埃三五字
082　盛夏里的清凉生活
087　从夏季走到秋季
090　浮生
093　时光里的花朵

2

目 录
Mulu

三 秋

时间恒久，
我们总会习惯有人到来，有人离开。
舍弃不易，珍惜更如此。

098　湖上的秋天带着伤痕
101　唇上的暗香
104　隔着银河的忧伤
107　走不出的岔路花园
110　时光倒流　我看见你忧伤的眼神
112　那个一同喝茶的人是你吗
116　轻若梦　淡如烟

121　我知道珠贝的心情
125　古代的论坛与微博
129　少女时代的一首诗
132　慢慢变成茶一样的人
134　醉眼秋风湖上路
136　今夜月明人尽望
139　我的幸福如此简单

我渴望
那峰那山
那海洋

Wo Kewang Nafeng
Nashan Nahaiyang

四

冬

曾经年轻的码头覆盖了冰雪，
纵然伤痛如长河，也慢慢会静默下来的吧？
时间无所不能。

144　在低处飞翔

149　我所能想到的风雅的事

157　第一场雪是一场了无痕迹的爱恋

159　雪在这个城市歌唱

162　他们曾经怎样爱过

166　不试怎么能够知道

169　竹子开花

171　我心如玉

174　冬天散漫的阳光

178　世界也不过只是一片雪

180　积谷防饥　养儿防老

182　除夕

目录 Mulu

五 又一春

日子越来越简单，
在平凡的世间，我心里的奇迹，
也不过只是有了你。

186　落雪生香
190　遥远的他乡在梦中
195　布谷声里春深如海
198　木石前盟
201　空山新雨后
205　那些往日的风啊始终在
208　岁月好　是因为你在长大
211　送一把雨伞给春天
213　问一问爱究竟是什么
217　做一天山居的主人
220　浓情藏北　叫我如何不怀念

一 春

往事飘浮在流水之上。
春光太短,还来不及叹息,
落花便盖满了整个河湾。

三十六陂春水 白头想见江南

  同开玉店的施老板相熟,我便时常去他店里闲坐聊天。那天正逢他进货,送货的新疆商人已经是第二次见了,于是开着玩笑让他把所有的玉器取出来鉴赏。我看着看着便看中了一只碧玉手镯,玉色深绿沉稳,宛如流光掠过夏日午后池塘的颜色一般。那样端正的绿,正好合适上点年纪的人戴,也只有苍老些的手,才压得住时光的无边沧桑。

  往手上一套,大小正好合适,一时衬得肌肤白皙,以前与老母亲聊天时曾听她无意间说到,她的一个老姐妹有一只碧绿的玉手镯,我听着她言语间仿佛有点羡慕,便暗暗记在心里,想给她买一只。只是好碧玉价格不低,又遇不到整个全是深绿的,几次想下手又犹豫,渐渐成了一个心愿。

  我左手上戴着一只,又看到两只薄薄的碧玉手镯,绿色更为明亮,春水那样的柔婉,这样稍嫩些的绿真是叫人喜欢。我将两只薄的手镯一起戴在右手上,它们相互间轻轻碰撞,叮叮有声,仿佛是

一 春 Chun

绿色的火花向四处迸开,想来古代衣香花影里的环佩叮当,也当是这样间或地微响吧。

新疆卖玉人探究地看着我的眼睛,想看我终究看中了哪一只镯子。

父亲在的时候,我从没有想到过父母终究有一天会离我而去,所以,在外受了委屈或心情不好的时候,抑或者父母不理解我时,我就会在家任性犯倔,因为我知道,父母不会记仇,不会怀疑我有什么企图,更不会从此不理睬我,甚至不用我道歉。

平时父亲拒绝我替他整理房间,他的衣服也是换下后,自己胡乱洗一下就晾起来,因为他不想麻烦我。当他感冒住院了,我抽时间替他整理好房间,还清洗了所有的床上用品,晒得松松软软的。我却不知道,他不会再回来了,这些物件,最后将成为一堆灰烬。

而那些温暖的记忆,永远会剔除生活中灰色的部分。我如今最容易想起的,是父亲在春天的时候,带着十来岁的我和我的小伙伴们走过绿意初萌的田野,穿过桑树下的小路去踏青。这情景就像那支曲调悠扬的校园歌曲所唱:喔喔喔喔他们唱,还有一支短笛在隐约吹响……

人走远了,记忆就会时常回来。

母亲是个利落能干的女人,遇事时棱角分明,有时甚至有点锋利。但大部分时间,她是柔和善良的,是个充满幻想又很细心的人。她生我的时候已近中年,我是个七个月就出生的早产儿,自小又千灾百难的,不知给她带来过多少麻烦和压力,记忆中的她总是带着我到处看医生,好像也没有什么病,只是瘦弱和不爱吃饭,自然也就看不出什么名堂来,于是一直在看病。

虽然父母都只是挣工资过日子的,家里并不富裕,但我一年四季都在吃鱼肝油。那时小镇上没有牛奶卖,到了冬季,每天早餐我都能有一杯炼乳喝,至于我吃的水果、蔬菜、补品,在那个时代简直可称奢侈了。这样不惜代价地喂养,终于将我养大了,而且养得十分健康。

父亲去世时,朋友劝我说:"不要这么难过了,以后对母亲好一些吧。"但我还是没能改变自己的懒散随意,如今母亲仍然在照顾我和女儿,她的孩子仿佛是永远长不大的。

我早上打扫卫生,到二楼阳台上滑了一下差点摔了,原来是阳台上的积水结了薄冰。早餐时,我嘱咐母亲不要到二楼阳台上去,摔了可不是玩的。母亲说:"越老腿脚越不方便了,上楼梯都累呢。"我便问:"买的钙片什么的在吃吗?"她支支吾吾。我知道她最不爱吃药了,年轻时太容易病,导致她现在看到药就烦,我也不责备她,于是换个题目说话。

一 春

她一缕灰白的头发半搭在耳朵边,棉袄加罩衣,还穿着厚笃笃的丝棉棉裤,外面包着罩裤,腿脚裹得紧紧的,像粽子一样。我说:"开着空调,羽绒裤里再穿件薄羊毛裤多轻松,走楼梯也方便,羽绒裤都买了两年了,你为什么不穿?"

她迟疑不决地说:"没有买过羽绒裤啊,我没有记得有。"

我翻找了许久,找出那条带着商标的新羽绒裤和两件忘记了的羽绒服,心里很不是味道。我从小马大哈,丢三落四的,什么也记不住,参加工作后,每天早上上班前的保留节目总是鸡飞狗跳地找钥匙,少了什么东西总是可着嗓门儿大叫:"妈……"

如今妈妈,她老了,其实我也老了,只是有妈妈在,我不能这样想。

一起坐着玩的好友见我半晌不作声,便说道:"你要是喜欢,不妨三只手镯全都买下,一只给阿姨,两只扁的你自己戴嘛,夏天会很好看的。"她就是当年跟着我父亲踏青的小孩子之一,和我几十年的朋友,我们之间心意相通,甚至不需要眼神。

是啊,不止是对母亲,我也要宠着自己。人的一生中,能够有几次会遇到自己喜欢甚至爱的人和物呢?很多时候,那样的东西根本就是要不起的,所以难得有既喜欢又要得起的东西,为什么不留下它呢？于是我就这样下了决心。

　　新疆卖玉人睁着他漂亮的大眼睛，笑眯眯地说着弯曲的普通话，说这是老坑的好东西，值得买。我道："这三只手镯，我全要了。"

　　"三十六陂春水，白头想见江南。"我带着手镯回家，不知为什么想起王安石的这两句诗，由此又想到韦庄的"垆边人似月，皓腕凝霜雪，未老莫还乡，还乡须断肠"。皓腕如雪的船家女子，也不知手上有镯儿否？

一 春
Chun

薄雪下的春天

天气乍暖还寒,漫长又凄清的冬天,在雨中只剩下一个若隐若现的影子。蜡梅娇嫩的黄渐渐旧了,风中的暗香断断续续,仿佛是一段欲罢不能又无法挽留的旧爱,而早开的红梅已经绽放新鲜的笑容。旧的一年过去了,与我们千丝万缕又无迹可寻。生命中曾经有过哪一年,可以离我这样的近?可以这么鲜明灿烂又黯淡无华?

现在,春天真的来了,只是一夜细细的雨,沿河的杨柳洇出一带朦胧的绿意,远远地望去,让人心生温柔。

晚上,床头一盏昏黄的灯,照一人一卷旧书而已。窗外风声雨声正自热闹,却没有一丝可以入耳入心,这样的静,是混沌未开的深邃,是新生儿不沾尘埃的清洁;是高僧抛尽俗缘的透彻。只是又有什么在静默中游移地探询?轻轻翻动年久枯脆的故纸,沙哑的是心中不能诵读的名字。

清晨醒来,一夜风雨淡薄无痕,亮闪闪的光芒只是闪了一下,就晃花了我的眼。窗外灿烂的白,是雪。我披上衣服站在窗口,一眼望去，天低得像是铺平在梅花的枝梢上，仿佛只要有风轻巧一摇，它就会晶莹地碎了。薄薄的雪，均匀地盖满了我目光所及的一切：近处的花草树木、房屋建筑以及远处的山川平原。

我已记不清是否有人约我临湖看雪，或者我约过别人烟波荡舟，只是想着今朝清晨寂寥的太湖边，该是怎样的雪景？也许只有我的家乡，波涛连天的太湖边一季季种植百合的土地，才适合我这样的女子。傍晚，清凉的风从湖面吹来，吹过我长长的头发和白色的布衣，四周百合花正开得无边无际。这样的日子让我怀念，只有穿过密密芦苇的风，只有风中百合的芳香，才能抚平我心中的伤。

雪落无声，无悔亦无疑。不知是否有风，只见小小的一朵雪花，振翅飞起又轻盈停泊下来，重新融入这无边的白。我想，譬如大千世界，譬如芸芸众生，譬如我，是不是也有这样的机会？漫天繁花会掩蔽我的身影，而一切归于静止之时，终于可以看到人生的平淡背景，我是否可能在一个短暂的时刻，突然重现？

梅花的杯盏上贮满了白雪，最宜有心人收藏在洁净的容器中，待到新茶初绽时分，用这雪水泡上一壶春芽，约上知己，坐在疏淡的树荫下品尝。茶香和花香恰恰笼罩了一身，风自远方而来，带着微弱的暖意，青花瓷茶具有古意的陈旧，也不必言语，只是抿上一口，相互淡淡地看一眼，所有的一切彼此早已了然于心。而我所知道的寂寞就是：空有这样温柔的情怀，又有谁可以脉脉相对，且心意相通？

一 春

阳光浅浅地漫上来了，照在薄薄的雪上，一片耀眼。清晨在静谧中宛转如童话，谁会提着层层叠叠的白纱裙轻盈地走过我的窗下？谁又会乘着达达马蹄来到我的门前？一切不过是梦，童年的向往像一块白金的画板，任何色彩都力不从心，无法沾染一分一毫。伫立在窗口，我看见雪花在消瘦，在融化，黑色的屋脊慢慢地显现出来，而满怀温情的梅花已经泪流满面。

多么像一份无望的深情啊，毫无理由地来，无声无息地去，而无论看上去怎样冷漠的外表，也无法掩饰心中炽热的深情。

一 春
Chun

碧岩山下红尘万丈

上午同事发短信给我说:"中午有空吗?爬山去,好不好?"我有点犹豫:"下午我和企业约好了,有一个调查,上班来得及吗?"她轻描淡写地说:"就在太湖山庄后面,很近。"

她近来心情不是很好,所以我不想拂了她的美意,就回复说:"好。"

两个人,饭也没有吃,只在路边买了手抓饼和奶茶就上路了,上车后她才告诉我去的地方是碧岩山,山上有瀑布,还有碧岩寺。

"碧岩"这个山名让我想起王安石写宝岩寺的那句"野老时问人,前村多少雪"的诗句。我们一路过去,路边景色已有隐约春意,山上一树一树开着黄花的檫木,亮得像刚刚挤上画面的柠檬黄,不仅新鲜还带着油光,在阳光下闪烁。

路越走越野,越走越幽静,我在路边看到了长兴的界桩,同事所说的"近",其实是在邻县长兴的弁山附近啊,爬个山居然走了那么多的路。好在这一带古松参天,茂林修竹,一路上颇为怡人,看着景色过去并不觉得远。山脚下隐约可见红墙绿树,是一座寺庙。

发脉于东天目山的弁山,是湖州的主山,素称"吴兴富山水,弁为众峰尊"。它山势险峭,上有三岩,即碧岩、秀岩、云岩。此山曾是项羽屯兵之地,出产的优质太湖石名重一时,曾被选为"花石纲"。

"晓云才散已当门"的弁山,也是从古至今多少画家描述过的梦中之山。元代湖州籍著名画家王蒙的《青卞隐居图》,高峻壮阔,意境深邃,是中国绘画史上的一座丰碑。董其昌曾泊舟山下,叹王蒙"能为此山传神写照",认为此画是"天下第一"的山水画。除王蒙外,赵孟頫、钱选、董其昌等人都曾画过"弁山图",所以这座山成了中国绘画史上绕不开的高山。

一直往山上清静的地方走,山风浩荡,微有凉意,石阶上生着青苔,落叶沙沙地响,阳光透过云层,淡淡地照在我们身上。此山不仅清雅,而且清静,山虽好,行人却寥寥无几,鸟声风声在山中穿云破雾。碧岩山山势陡然,有江南一般温柔小山难以企及的高与险,虽然新建了石阶,但没走多久,我就脸色绯红,喘息未定,我终于知道为什么先人能把那些弁山图描绘得如此崎岖了。幸好山上只有我们两人,就在树荫下的石阶上坐下了,眺望眼下,万丈红尘,山高水低,尘埃中万千心事难寄,只有云浮在天上,世界在山色之外。

一 春

两人同事已经近二十年,虽然性格不同,走得并不是很近,但彼此看到过风花雪月的十八岁与柴米油盐的四十有余,她如今的失望与无奈,我也曾经历过,所以并不劝她,只是说:"看啊,走过来的路看上去那样险,好像永远无法逾越,但是我们已经走过来了。"再看来时的路,真的已经很远了。

然后就这样并肩坐在山路的石阶上默然无语,以前多年同事的经历,让她在生活的转折关头,选择了相信我,我很感动,但是我没有劝慰,也没有追问究竟,我想她需要的也许就是这样,有个可以坐在一起的朋友,默默地坐一会,然后继续往前走,人生的道路其实真是孤独的,这样片刻的温暖,别人曾经给过我,我也愿意给她,同事那么多年,也只有在这个时间,觉得两人突然亲近了许多。

最终因为我的没出息和时间的不足,并没有到达顶峰,我不遗憾,我累了,再坚持下去就是一种强求了,看到的已经足够,还给下一次留下余地。因为及时回来,也没有影响我下午的工作,赶回来上班时,离上班时间还差二十来分钟。性急的企业财务主管已经在办公室等候了。

春天是怀念的季节

朋友约我去乌镇住上一两晚,可以挨着肩看春天的暮色,慢慢落在河埠头的深灰台阶上,也许还有柳絮,沿着河像雪一样飘远了,要是有小雨,在临水的窗前听点点滴滴的雨声也是好的。

细细地说,窗外风声吹着萧萧的竹叶,有光影漏下来,晃着,让人疑心风里有破碎的声音,我低了头轻轻说:"我没有空的,有事。"心里也有光芒哗啦啦落在地上,碎开。

朋友说:"要是你中午忙,我们等你到下午,再一起去吧。"

我低声道:"我不去了,你们去吧。"

谷雨,雨生百谷,江南清丽的春雨中,花开又花落,田野一望无际的是新绿,远处的山罩在一片云岚里,"春水碧于天,画船听雨眠"。农历阳春三月,多么好的季节,谷雨又是多么好的日子,而因为有我存在,这么好的世界,因我心有忧伤,无处可说。

因为谷雨这天是父亲的忌日,我说的有事,是要与母亲在家小

一 春

祭父亲。时光如电,父亲离开我已经三年整了。父亲在世时,我时不时要与他生气,他走了,我才知道这个给了我生命的男人离开之后,在这个世界上,除了母亲,再没有会那样不计回报爱我的人了。那一年是我生命中的一个转折点,如果可以,我将不再回首。

在清明的前一个星期,我一个人去了父亲坟上,天下着雨,风吹起又细又密的雨丝,用不用伞是一样的。这么早一个人去,那条上坟专线还没有开通,我也不想麻烦朋友,最重要的是想和父亲单独在一起,所以翻山越岭打车过去,一路斜风密雨,行人稀少,风景凄婉。司机是个热心人,一路担心我的回程而唠叨不停,他给我出租车中心的电话,让我无法回去时打电话叫车。

我谢过司机,一个人上山。整个公墓只有我一人在雨中祭拜,回眸时满山皆是紫色杜鹃。雨一直在下,红烛在雨中发出嘶嘶的声音,而三炷清香依然从容,袅然而上,缭绕不去。我发梢上有水滴落下,衣袖上也有水渗进去,人是冰凉的。我突然失声呜咽:"父亲,这些年来,你看到我了吗?看到我心里的委曲无奈与挣扎了吗?你再也无法像儿时那样呵护我了,我的世界,如今要我独自面对了。"

我细心地擦净了大理石的墓地,在墓前松荫下发现了一株新鲜的小灵芝,木质细腻如花。于是,我采了它,放在包里。回程时,一个人走了近两个小时才搭到返程车,回到家,母亲和女儿都心疼极了,朋友们知道后都埋怨我。其实我希望有一个这样一个人走的路程,走得远一些、久一些,会让我安心、平静。

宁静的山谷,路边盛开的桃花和菜花,农舍里的狗吠,路边的墓地和漫无边际的雨。我一个人在路上,静静地想想过去的人和事,经历过的人生,喜欢过的人,记忆里仍然还在的春天。消失了的记忆去了哪儿?余下的多么珍贵,所以要温习一下,才会清晰。我其实也知道,我们与逝去的亲人,最终会在天堂相逢,所以,不需要忧伤。

那株灵芝,回来后随手放在餐桌上,采时是带一点弹性的,深褚带灰,层层叠叠像蘑菇,干后却成了坚硬的木质,粘着山沙,是时光雕刻的花朵。我想,如果记忆可以凝固,也许就是这个样子吧?

春天是怀念的季节,除了那些重生的叶子以外,还有许多原本隐藏在季节里的思念,也变得鲜明。像隐约的疼痛,不明确却被时时牵起,总是能看到相似的天空、山水,或是一棵树、一朵花,还有越来越清晰的往事。

门口的二月兰开得很好,我只在一个上班的早晨,停下来仔细看了一会儿,再看时已经谢完了,有几次梦见父亲,总是坐着,不说话。醒来心就那么悬着,在另一个世界,他还好吧?在牵挂我么?

一 春
Chun

春天里的七种植物

樱花。听人说,六百株樱花,在河湾里开了。记忆里和想象中的樱花,是悬浮在半空中的雪,静静地,我希望世界从此没有时间,没有风,没有声音,没有鸟的翅膀一闪而逝的痕迹。

你咳了一下,我的心就那么一紧,仿佛落花片片。

桑。有的时候,明知是错也会沉溺。陌上桑叶绽开时,蚁蚕在它们小小的壳里变换颜色,春天明亮地绿着。诗歌里,使君初遇采桑的罗敷,甫一回首,万劫不复。

明月不会再圆,轻风不会再柔。桑田里的阳光斑斑点点,风里的颂歌隐隐约约。当诗歌里的女人轻轻抬头,命运早已设定,能留下来的,也许不过只是诗歌。

一 春
Chun

芍药。许愿的人坐着，目光纯净得像陌上手执芍药的少年，他说："永远。"听的人低头微笑，是，永远。此生此世，生生世世。也许世间所有的初见都抵不上这样春天的傍晚，芍药开放，宁静又安详。这样的好，这样的美丽相遇让人想落泪。

只是缘起缘灭，谁又能主宰？不知哪一天，轻风吹散彩云，流水带走落花，飘零的世界仍然这样美。所谓永远，只在瞬间。那么，这样的瞬间，是否可以久一些，再久一些？

玉兰。季节温暖得像怀抱，玉兰淋漓的香，水一样地滴落下来。空气轻颤，然后是花瓣，然后是时间，然后……也许是我。城市与乡村的玉兰都在次第开放，春天日渐喧哗，色彩与光晕全在发出声音。你的目光宁静，我也没有说话，我被春天淹没。

杨柳。春天的雪在窗口飞舞。我在初春的时候，你在哪儿？我走过厚厚的冰雪找你，单衫零落，满是伤痕，是否季节有反面？是否在更温暖的河边，春天也不会凋零？飞絮如雪，柳条如丝，我走过你的树下，只一下，你就击中了我的孤单。

花与柳絮之间的空隙中，凉月如眉。天空微蓝，清新的一弯，柠檬黄的淡淡的光晕，也许还有奇特的香气，太远——我闻不到。

风一过，玉兰花瓣落了，柳絮也飘飞了，像一群白色的倦鸟，轻盈下降。

迎春花。开得最早,到如今才真正蓬蓬勃勃地开了起来,在薄暮里明亮着,有如通体发光。梅花落尽,青梅还未,叶子绿得肥美。绿色像幽微的火焰,无声蔓延。这样的景色能让人融化,而心,落地生根。

　　春天的第七种植物,是扎根在内心世界的思念。

一 春
Chun

江南春好与谁看

几日阴雨,连情绪也受了影响,觉得日子是黯淡的,吃过饭我就想窝在床上睡觉,家里乱糟糟的,也无心整理。近来工作有压力,这也许是一个原因吧。女儿却硬拉了我上街,她说:"等到你睡醒就要吃晚饭了!"

年轻时我很瘦,也许是气血不足的缘故,每年总是有些日子周期性地失眠。近年来睡眠一向很好,一般一靠枕头几乎没有什么过程就直接掉入睡眠深处,这些天也许是因为我睡得太多了,梦也便来了,醒后有的梦如月光下杨花过庭院,浮光掠影,悄然无声;而有的梦却如画谱诗稿,历历在目,甚至有时的场景,就搞不清究竟是梦过的还是现实中曾经经历过的。

做得最多的梦,形形色色却只有一个主题:美景当前,我的相机却总是不在手中。就像昨天的梦:我在一个古老的城镇四处游走,古城宛然,人迹杳杳,小河石桥满是青苔古藤,两岸灰墙黛瓦,房檐错落有致,柳丝细如青丝,尚未绽裂。我推开沉重的木门走入枕水人家,站在位置极低的石阶下,仰头望去,先看到白色的天井上方的天空,很深很高,有一点刺眼,暗黑的厅堂上,放置着沉重的古老桌椅,没有人,却在桌上看到一个青花胆瓶,清供着一枝半开的桃花,桃花是娇艳的粉红,翠绿的叶芽,难得这样色彩斑斓。记得我在梦中曾惊叹过:真是春天过半了!接着找我的相机想拍下来,遗憾的是没有带着,心中的失落感醒来后还记得。是因为正好有朋友说到她家乡满山桃花开了,所以才做了这样的梦吗?

还有的梦是我出门旅游,到了目的地,却忘记了带相机,甚至有一次找到了相机,兴冲冲一提,居然从相机里哗的倒出一片水来。

与朋友吃饭,暖房里的人造景观,一大棵一大棵的老树枝繁叶茂,让人恍若就在春天,灯光亦如锦,人心变得飘浮轻盈。酒至微醺,我笑问朋友:"再过几天,梅花会开了吧?"

就是这几个朋友,每年去长兴看梅花,那些照片里的笑容,依然在我脑海中,仿佛越过了时间。记忆中的青梅酒,在舌尖暗香浮动,席间便约了今年梅花开时,一起再去长兴。

下班回家时天色阴沉,下着若有若无的雨。我坐在车中随意看沿路的景色,在市政府附近看到,杨柳堆烟,玉兰花满,梅花已经谢了。

是汽车上漫漫的雨丝还是眼中无端地有泪水漫上?看过去路边的花与树一片模糊。那些关于梅花与春天的约定,那些许在春风里

一 春 Chun

的笑,我其实已经错过了。不知那些山中曾经等待中的花,会不会因此寂寞?岁月中孤单地开放、空空地等待,它们会因为等待而坚持得更久一些,还是会因为无望而一夜飘零?

我不知道,因为今年我不会再看见。人有的时候,自己也会看不见自己的内心,我一直以为自己是个淡定、清明和冷漠的人,难道我真的那么容易脆弱,比如现在?

晚上路过长岛公园,举头看天,一盏盏的全是许愿灯,往天上越升越高,它们的身影映在水面上,像硕大的星星,也像暗夜里的花朵,也有半途夭折的,兀自不肯熄灭,落在地上熊熊燃烧。那么,它们又分别承载了什么样的心愿?它们的主人,仰望它们时,是怎样的心情?我的心愿,就对着夜空轻轻说出来吧。

不知道天气在什么时候会放晴,也许再过些天,桃花也要开了,但这江南春季,堪与谁看?

我渴望
那风那山
那海洋

Wo Kewang Nafeng
Nashan Nahaiyang

睡眠深处的温柔

那日去郭洞玩,晚上与静和珍三个女人,明明各自开了房却空置着,非挤在一个房间里重温少女时代,随心地说话,说的全是些没心没肺的话,却笑得整个人心胸敞开,风轻云淡得要飘起来,说着说着困了,我便说:"嗯,我困了哦。"一下子就跌落在睡眠深处,随后她们的笑或她们说什么话,我全然不知道。

第二天清晨,我们坐在山口的廊亭里喝茶,看清晨的云雾从远处的山谷漫过来,淹没街对面的檐角,阳光一格格在树叶间跳跃,风吹过时,头发沙沙地飘。静提起我的睡眠,说:"幸福的人才能这样睡,没有心机与焦虑,才能像婴儿一样睡觉。"

我一怔,私下问自己:"我这样,算幸福的人吗?"

年轻的时候,我很瘦弱,每隔几个月,总是要间歇性地失眠几天,平时睡觉也不踏实,冬天睡一晚,第二天早上脚还是冰冷的。母亲说我血气不足,煮了红枣赤豆逼我吃,我不爱吃,便像吃药一样苦恼,而睡觉不好的毛病始终没有改善。老是数绵羊,满天绵羊

一 春 Chun

飞，天却蒙蒙亮了，我心中焦虑得不得了，这种情形现在想起来还难过。

不知道是什么时候改变的，也许是生女儿后？带孩子时，我累得坐着给她换尿布时也会瞌睡，对于休息与踏实的睡眠，有一种可望而不可即的渴望。即使睡的时候，也不过是浅睡眠，只要孩子轻轻一动我就会一激灵醒过来。这种情况一直持续下去，女儿小时候多病，却偏怕热，也爱踢被子，一受凉就生病。我晚上要时时坐起来给她盖被子，冬天总被折腾得自己被窝里是冰凉冰凉的。

女儿终于长大了，高过了我，轻轻一用力就能将我抱起来，我却再也抱不动她了。想起她终于长大了，我很安慰。虽然还有许多困难要我们一同面对，但我希望不会再有焦虑、烦恼、忧心，更不想为世事人情纠缠不清，且让我静静享受这一段人生，放松地看清风过树梢，看明月挂檐上，看花开花落、雨过天青，看时间飞驰而过，如有一杯清茶、三两知己，便是锦上添花。

郭洞回来不久，我们三个人又去安吉，索性就只开了一间房，开着车随意走，居然寻到了最静最美的山谷。谷底流泉轻吟，崖上开着野玫瑰，有孤芳自赏的一户人家，悬浮在悬崖与溪流之间。我们在廊屋下坐着听泉沐云、喝茶嗑牙，闲闲消磨整个午后。晚饭吃山中的野味，吃过晚饭回到城里，在陌生的长街上乱走，在公园里学人家跳广场舞，回到房里电视开得山呼海啸，各自在自己的床上抢着乱讲话，讲着讲着我就睡着了。

勇敢的心

春天的时候,街上有一种很小的兔子卖。小孩子对小动物似有天然的亲情,仿佛她与它之间,可另辟蹊径进行沟通。我的女儿嚷着要买兔子,吵闹了几天,终于拗不过她,决定给她买一只。到了市场,女儿一下子看中了一只黑兔,黑如深夜,皮毛闪闪发亮,特别是它的眼睛,湛蓝清澈,宝石般晶莹。它在一大堆红眼白兔中,显得高贵、灵敏,鹤立鸡群般抢眼。因为它的确十分可爱,虽然价格比白兔高了一倍,我还是毫不犹豫地答应了买这只小黑兔。

买回小黑兔之后,女儿情绪高涨,拎着兔笼满世界炫耀,如她所愿,总是能引来别的孩子惊诧和羡慕的目光。门前正对着一个刚开始平整的建筑工地,一大群建筑工人的孩子正在玩石子儿,得意忘形的女儿全然不知她粉红色的羊毛衣裙、雪白的长筒袜和锃亮的皮鞋,已经使自己成为他们中的异类。她一跳一跳地跑过去,手中提着她新买的宝贝。我想这时的她,可能正兴奋地酝酿着如何介绍自己的新朋友,殊不知乐极生悲,兔子的灭顶之灾正悄悄来临。

一 春 Chun

在听见女儿突然间的尖叫哭泣之前,我正蹲着与两个削砖块上水泥的女人胡乱聊着收成之类的话题,等我抬起头来,看到了女儿出生以来最为可怕的一幕:一只凶恶的大狗,一次次站起来扑向女儿,而那不足六岁的小女孩儿,一边大哭一边把那条狗正在攻击的小兔死死地藏到身后去,她没有跑,不停地转动,用自己小小的身体护着小兔。狗并没有真的咬她,但对于这个看见毛毛虫也要尖叫的小女孩,这条比她大一倍的狗,实在是太庞大也太恐怖了。我也不知道自己的高跟鞋是怎么穿过乱七八糟的碎砖乱瓦的,在第一时间赶到了女儿身前,用鞋跟拼命地踢那条疯狂的狗,直到听到一直在旁笑的一个十几岁的男孩叫了一声,那狗突然间乖巧温顺地摇着尾巴,随着那个男孩儿跑了。

回到家中当天,兔子还是被吓死了,女儿也吓病了。几年已经过去,孩子还会和我提起那只兔子,特别是看到街头卖兔子的摊子,她就会对我说:"妈妈,你还记得吧,我养过一只多么漂亮的黑兔子啊,所以我再也不想买这种小白兔了。"我一脸的无语,很有一种"却话巴山夜雨时"的味道。

现在想起来,我还是有点不敢相信自己,平时看到最小的哈巴狗也要逃跑的我,那天会猛踢一条乱扑乱咬的大狗,心里居然没有一点害怕。我更不敢相信的是我的女儿,那小小的孩子在瞬间所表现出来惊人的勇敢,我想如果没有爱,谁也不会有那么大的勇气去面对生活中的危险和意外,爱使我们无私无畏。同时,我也感到了深深的遗憾和悲哀：女儿性格开朗，和小伙伴们不到三分钟就能打得火热，平时她也时常跑到工地上，与和她同龄的孩子玩得不亦乐乎，回家时小脸通红，一身泥污和沙土。我想低龄的孩子也许更接近生命的本真，更为纯粹和天然，所以也更容易拥有更加多的爱和友情。随着年岁渐渐长大，看多了世态炎凉，人事变迁，心就变得坚硬，慢慢地靠近成人的世界，就慢慢具备了世俗的冷漠和残忍，这应该让我们大人惭愧。

一 春
Chun

有女及笄

虽然仍然是冬天景色，但风中已有暗香，报纸上说，超山梅花开始绽裂。豆蔻梢头二月初，正好是女儿的年龄。从冬天起，她已经陆续被同学邀请，去吃她们十六岁生日宴。看着她细心挑选赴宴时的礼物，手指修长灵活，细腻白嫩的脸上覆盖着桃子一样的细绒毛，在灯光下泛着粉红的光泽，我心里感慨万千。

女儿大了，会在早上上学前嘱咐奶奶上下楼当心，知道在我外出时打电话给我，让我别在外喝酒，路上注意安全，还能煎了嫩嫩的荷包蛋，端到我们的手上。刚刚十四周岁半的她，高高的，看我时已经略略俯视。

二月二日，农历正月初八，按传统习俗先请老先生看定的好日子，我尽一个母亲的所能，为她操办十六岁生日宴——她的成人礼，九十多位亲朋好友见证了她的成长。

在此之前很长的时间里，我都在为这件事操心：仅是预订酒宴菜单，我就去了四次天煌大酒店；为订多层蛋糕，我看遍了城中所有的西点房；礼盒中的每一样礼物都是我亲手搭配的，甚至还按照民俗，在初六祭祖，并提前一天到老家，在清晨六点祭祀了掌管学业智慧的太均娘娘，并摆上猪头、水果、干果、面条、糕、圆子等。如此种种，只是一种祈望，祈望女儿能好些，再好些，身体、学业和一切皆顺顺利利。

小家伙的衣服也是一件件搭配起来的，虽然平时我并不是出手豪阔之人，但这一次却并没有考虑衣服的价格，只要合适，只要她喜欢，人生又有几个十六岁？

在此之前与朋友坐着喝茶，说起这事，芸儿笑道："我看你，觉得好像是不食人间烟火的那种人，怎么会……"

我大笑："俗吧？"俗有俗的好，俗有俗的幸福。

笄，指的就是古代女子束发用的簪子，到了这个年纪，女孩子乌黑的发上添上漂亮的簪子，她就不能再折花门前，巧笑如铃了，重帘琐窗就会收藏起她如花容颜，绣针银剪就会细数她的青春。而如今，当我教育丫头说："十六岁大姑娘了，不能笑得这样放肆，也不能这样没心没肺了。"

她总是这样回答："这么麻烦的话，我就不要长大，如果一定要长大，我肯定会长成一个野蛮女友。"

一 春

天煌六楼宴会厅的布置充满了喜庆气氛，主桌上的一桌少男少女，都是我曾经熟识的小娃娃，时间真的让人感慨万千，开桌前我问女儿："你要不要说几句？"

没想到小家伙这么落落大方，她笑眯眯地拿起话筒不假思索地说："首先，我要感谢在场的所有客人，感谢你们的光临，到这里来见证我的长大。在这儿我要谢谢我的妈妈，含辛茹苦十六年将我养大；我要感谢我的父亲，遗传了他的文学艺术天赋；我还要感谢我的奶奶，让我每天能吃上可口的饭菜。最后，再次感谢在场的每一个人。接着，就开吃吧。"

我看她站在那么多人中间，高高的个儿，胖乎乎的笑脸，实在是可爱。孩子们在一天一天成长，而我们在一天一天老去，因为她们的成长，我的老去就变得并不可怕。

单衣试酒

　　五年陈的女儿红,加上姜片、冰糖、桂花,用紫铜的小酒壶在炭炉上温着。浅浅四盆家常菜,普通却精致:荠菜馅儿的春卷,野菜的清香从嫩黄的皮里冒出来;一种叫绣花锦的小青菜,只是略略煸炒一下,有特别的香且爽脆;春笋配腊肉,在砂锅里炖得浓香四溢;而新鲜的银鱼羹,用太湖银鱼为主料,用火腿、香菇、冬笋切成极细的丝,配上葱、姜、胡椒等作料,加上用芙蓉蛋花及高汤,吃时极其鲜且滑。

　　青花瓷盆、原木餐桌、音乐、桌上的兰花,茶是老白茶与碧螺春。阳光透过阔大的玻璃窗,蜜蜂在窗上撞得叮叮作响。

　　春衫薄,皓腕凝霜雪。会有谁,与我把酒言欢?

　　记得有一次和朋友吃饭,一来二去,不小心真的喝多了,站起来想出去透透气,我突然觉得眼前地面是向前倾斜的,心道:糟了。就慢慢地坐下来,稳稳坐着,直到最后定心了。刚回到家就真坚持不住了,整个人翻来覆去难过了一个晚上,也曾经有人对我说过:

一 春

"什么时候和你一起,喝一杯如何?"我便笑:"想灌醉我是不是?"其实岂是那样容易醉的?只是一杯酒啊,想醉的心,本是最清明,最是醉不了的。

"什么时候?"那个人在网上又问我的时候,我只能无言。不知他的笑容是否变得黯淡,我不说,他就默然了,慢慢地也就陌生起来。

"什么时候?"我听到这句话回头时,看见风中雪花飞舞,然后落地无声,消失得无影无踪。

单衣试酒,是一点点的温暖,一点点的薄寒。我是个细心的人,所以才准备得这样简单。因为我怕隆重了会给对面坐的那一个人增加了负担。

其实我只是一个人坐在这里,想象中的那个人,并没有来。其实,更因为并没有这样一个人存在啊。薄酒与淡菜,全是为自己准备的,所以整个过程,更加简单和寓意深长。

只是因为春天来了。江南的春天,是一种半透明的光与影,只是慢慢地洇开,暗暗地生长,在风中,在雨中,也在我们心里。

温的酒,美味的肴菜,音乐四起。花开,寂寞午后。

我轻轻地缓缓坐下,薄薄春衫。

少年听雨歌楼上

和两年不见的麦子在网上偶遇,寒暄后就说些近来情形,他问:"总局论坛开了,怎么不见你了?"我笑道:"老了,没心情了,那些人都不太认识,吵架都找不到熟人。"

他大笑,然后说:"人不能轻易言老,熟悉自陌生始,我们不也是这样的吗?"然后说到别的,论坛当年的故人,谁还联系着?谁如今又换了单位,因为都是同系统的,就像说着昨天,当然只是玩笑着泛泛而谈。

他突然说起往事,一个我们都关心过的女孩,惆怅道:"莫提起,莫提起,提起老泪满江河。"

这家伙,大约才三十稍稍出头吧?我想象不出他说这话的样子,这样玩笑的口气,即使淡然笑着,也还是忧伤的吧。我并不知道他究竟是个怎么样的人,只是隐约听说他的故事,所以有些茫然,说话略有停顿。

我假装不在意，取笑他："老来多忘事，惟不忘相思。你还小，像我这样老的时候，往事就会淡如烟尘。"

"云烟散处，是梦开始与结束的地方。我们看到了它的开始，却永远看不到它的结局。因为我们都在这个梦中，沉醉不愿醒。"

这就是他当年的文字。我想问他当时情形，或者问其他的人还记得不？想了一想，终于什么也没有问，那时到今天也并不远，但仿佛已经在另一世。当时的朋友，也已经像云烟一样散尽，于是我装模作样地说："不管曾经怎样痛过，总不能让伤口裸露在时间里。"

论坛重开后，我意外地找到当年的老帖子，我的文章，跟了几百个回复，全是嘻嘻哈哈的玩笑话。麦子发来他喜欢的词：

少年听雨歌楼上，红烛昏罗帐。壮年听雨客舟中，江阔云低、断雁叫西风。

而今听雨僧庐下，鬓已星星也。悲欢离合总无情，一任阶前点滴到天明。

我喜欢这首词的意境，听说蒋捷少年听雨歌楼上，红烛温暖，罗帐轻柔，一个"昏"字，那样薰然欲醉，我好像看到透亮的日光一片一片从竹帘里斜着切进檀香袅然的屋内，是时光薄利的刀。雨声细密如织，也如春蚕食叶，沙沙一片，空气湿润，青花瓷胆瓶中有花在轻轻绽裂，楼梯上木屐在脆响，谁的歌声又隐隐约约，不绝如缕？因为我自己最喜欢雨天赖在床上看闲书与胡思乱想，所以，喜欢这样有点暗，有点暧昧，有点慵倦的场景，可惜这样的心情太短，只一瞬，青春便已经了无踪迹。

接着便到了中年，背负异乡的风雨，在秋天这样萧瑟的季节中，在大江这样广阔的场景里，云朵像宿命一样低垂在头顶。一个人，一只旧船，漂泊的行程。西风里一只离群的孤雁鸣叫，有如苍凉的心境。狂风骤雨，沉沉乌云，舟如浪尖浮萍，也有如无法确定的人生。

我不知道究竟到了什么时候，才能够拥有这样平和与旷达的心境：无喜无悲，无论居留在何处，均能够像住在山中寺院，任凭平缓雨点在檐间不紧不慢滴答着，且不去管它是落在梧桐叶上，还是在芭蕉叶上，往事既远，故人亦杳，以往种种，不想也罢！

"悲欢离合"只是平平常常的四个字，却主宰了多少人的一生？而谁又可以达到"总无情"的境界？

现在，窗外有雨，雨声细碎而温顺，黄梅季节，空气里全是水，我觉得江南人真的不用学游泳，比如现在，我们的所在明明就是稀薄一些的水底啊。

不知道在什么地方，有谁在窗帘后面听雨，残花落尽。

我渴望
那风那山
那海洋

Wo Kewang Nafeng
Nashan Nahaiyang

时间的渡口

星期天回古镇菱湖喝喜酒。春天的确适宜结婚，《诗经》道："桃之夭夭，灼灼其华……"多云天气，欲雨欲晴，池塘如镜，柳树浅淡，田野间的油菜花明亮得晃眼，灰色系的民居之间，蓦然一树桃花，如粉红火把灼痛多情人的眼眸。

早早到了菱湖，是为了先去探视我的师傅和师娘，在机关本没有师傅之说，但当年我参加工作，跟了他做计划会计，一做十年。我本是个粗疏懒惰的孩子，老出差错，师傅却是个宽容耐心的人，也不嫌弃我，人前人后说我的好：懂事，聪明，知礼，诸如此类的话。其他一起进单位的同事，也有跟了挑剔的师傅，便羡慕我命好。而师娘对我喜欢到一度希望我做她的儿媳妇。

到师傅家时，师傅师娘等候已久，原来昨天母亲和他们已经通过电话。许久不见，师娘拉着我的手眼圈都红了。师傅当年风度儒雅，如今老态毕现，头发全白了，我心里闪过一丝心酸。说了很久

一 春

的话，一直在安慰两位老人家，生活中本有许多不如意的事，我希望他们能生活得更加健康快乐，说着突然想起午饭时间快到了。

中午的婚宴新人如璧。新郎是我看着长大的腼腆孩子，很纯朴。新娘之前我只见到过一次，盛装之下美好温婉，回眸低头或笑语盈盈。我想起新郎小时候像小尾巴一样跟在我身后，又有多少年过去了？时光真是容易催人老啊。

新人过来分喜糖，新娘已换成正红礼服，腰边一处有细致丝带，丝带上缀一朵玲珑的深红玫瑰，她分糖时腰肢轻轻一拧，花无声地一颤，仿佛是带着喜悦与微甜的轻声细语。从此，这个女孩将成长为一个女人，为人妻为人母，历尽女人一生的阳光与风雨。

回程时，天色欲雨未雨，雾蒙蒙的，有烟雨江南伸手可及的无边美丽。时光无情，将曾经的一切变得面目全非，所以趁着春光正好，守得一时便是一时，而风吹来的夏季，仍会是我们深爱的。

谁的眼泪在天上飞

谁的眼泪在天上飞？一滴一滴落下来，打湿无眠的心。窗外走动的风，在黑暗中一闪而过，除了风，谁也看不清我的眼泪。我的眼泪打不湿的，是你的梦境。我总是梦见在青春年少时分，穿着土气又颜色娇柔的衣衫，与你牵着手去上学、去捉鱼捉鸟、去放鹅。在青青的桑林间穿过，抬头总能看到湛蓝的天，漫天飘浮的梨花，或者是明亮澄澈的桔红太阳、七彩斑斓横过天际的彩虹。在灰暗的睡眠中，这样色彩分明的梦，半是清晰半是朦胧地印在脑海里，是隔世的记忆。

在梦境里，你的笑容一如今天，遗憾的是，我们并没有这样的昨天，至少在有记忆的今生没有，那种若有若无的心动，情窦初开的若即若离，也许是我们前世的故事，也许只是我潜意识中的心之向往。我不知道你有没有梦见过我，是否曾与我有过相同的梦境，对于前生，我想应该是较为沉静的女人留下的记忆更多一点吧。所以，有多少余情未了，究竟缘浅缘深，我又怎么能够追究？

一 春

不追究，不是我不在乎，我也知道越在乎，伤害越深。大千世界，芸芸众生，有多少人在感情中出出入入，能全身而退，毫发无伤？又有多少人为情所困，一生沉沦？而我是守在这一切之外的人，我相信世界上有这样唯美的感情，包含了一切美好的要素：纯粹、真实、美丽、慷慨、忘我、无怨无悔、肝胆相照、生死与共。但是我不会强求这样完美的感情，我珍惜并感谢你给我的一切，珍惜有你在我身边的日子，在这个连情感也日益物化的时代，对我来说，只有这样的感情才是真实可依的，充满了自然率真的灵性与闪亮的精神光泽，温暖和照亮了我。我也相信你会同样珍惜我，珍惜我专注投入的付出和情深义重。

生活中一切的艰难，所有的苦果，我都愿意亲口品尝。生命的历程是不可逆的，每一步都不能回转，存在的，已经存在，若是否定，这一段生命就是失败的，就失去了它的价值，我不想后悔。曾梦见我哭着四处寻找，远处也传来一声声的呼喊，我看见透明的眼泪向天空高处飞去，越飞越高，悄然而逝。

被雷声惊醒，窗外真的在下大雨，湿润的风穿过纱窗，吹冷单薄的衣衫，床头灯开着，刺痛我的眼，一时间，不明白什么是真的？什么又是梦？虚幻的人生中，什么才是我追寻与拥有的？眼角仍有泪，心中仍然还有痛与惊悸，那么，这是梦还是谶言？

因为还年轻，所以我才如此脆弱与敏感，感受得到快乐和痛苦，体验失眠的滋味，思念的滋味，患得患失的滋味，至少，这比麻木

我渴望
那风那山
那海洋

要好。这么久没有看到你,一天又一天,长得就像一生,等待变成我生活中最重要的事情,而你知不知道我的等待,对我来说已经不再重要。也许在很久很久之后,在某一个有风有雨的夜里,已经年老的你,会慢慢地想起我,想起今天,那时你的耳畔是否会回响起我低低的耳语:"你知道吗,是谁的眼泪在天上飞?"

一 春 Chun

浮生半日闲

我们住在山上,山坡上有朴素的平房,门前有阔大的露台。

春天薄薄的暖阳从山的另一面斜照过来,颜色金黄,远处逆光的平缓丘陵层次分明。近处的竹林被阳光照得毛茸茸的,而山谷里的一派平畴,灰灰的,好像仍然沉睡在冬天,没有从季节里醒来。只有风声轻轻掠过,路上没有车与行人,这样安静的午后,这个世界仿佛只有我们几个女人。

现磨现煮的咖啡香一缕缕散在空中,风也不能将它吹走,而新鲜的水果与干果在盘子里色泽诱人。

慢条斯理地说话,说些毫无意义的细枝末节,说什么话也不重要,重要的是这样好的下午与谁在一起,让生命在无所事事里悄然消逝,其中的浪费与奢侈,在我们世俗的奔忙中,是多么可贵。

记得我说了许多杂七杂八的无聊事,朋友的,我的,过去的与现在的,我作为世俗女子平庸琐碎唠叨的那一面显露无遗,但这样

的真性情也没有什么不好。七手八脚的晚餐，有淡酒，围着炭火排排坐，炭火照着的脸是红的，照着的眼睛是亮的，眼睛里有小小的火苗在燃烧。

浮生半日闲，闲到了头发发芽、手指开花，闲到了炭火慢慢地变成了灰烬。闲到了想起了前生，又将一切忘记。

不再将天下美景看尽

这个春天是特别的季节，在渐渐褪色的生命里突然绽放。

朋友开着车在高速上路过原野，看到一大片一大片的油菜花开得正好，它们后面是黛瓦素墙的村庄，有河流绕村，河边开着淡淡的粉红桃花，再远处是断续相连的浅蓝山影。

油菜花全心全意地开放，那样亮，那样耀眼，在天空中也能看到它们隐约的光芒。我的眼睛一时不能适应，微有痛意。

看着这样的美景飞逝而去，我终于忍不住对司机叫起来："好美！请停一下！我要拍下来！"手中的相机被我攥得已经发潮。

坐在我边上的几个人哄地笑了，没人理会我，司机本是相熟的朋友，他说："大小姐啊，怎么可以停哪儿，这是高速公路啊！"

我沮丧地摇开车窗，自己乱拍，后来回家一看，只是金灿灿一片，照片全拍糊了。

一 春

"这么美,请为我停留一下!"不只是我说过这话啊,但是美又曾为谁停留过?无论用什么方式,我们能记录下来的,只是生活中一个短短片段,就像那些糊掉了的照片,真实的一切,只停留在看到的那一瞬间。

当时我就装作恍然大悟的样子,对朋友笑道:"是啊,我不能将天下美景拍完了,最好的我要留在记忆里。"那么它们在记忆里会留多久?当黑发变成霜雪,当我老眼昏花?当记忆模糊,往事不再鲜明,那生命路途中的惊艳,那瞬间的心旌动摇,那洞穿心灵的金色光芒,是否还能够被忆起?我不敢肯定,虽然我今天的记忆是那样鲜明,亮如黄金。

有的时候空着没事就会犯傻,在那里胡思乱想:会不会真的有来生?如果有,我会不会好好理清今生的来龙去脉,不再过得乱成一团?如果这一生可以重新活过,我又会怎样生活,是否能够保证不再出错?

我不知道。因为我不知道我今天这样的生活是对是错。在大部分事件上,也许本来就不存在对或者错,只是时间流淌,我们沉溺其中,来不及抽身而已。

中午在食堂吃饭,正好和以前的一个朋友坐在一起,他突然说起:"某某,你认识吗?以前与我一起玩的那个?还那么年轻,都不到四十,就生了那种不好的病。"还好我不认识,要是熟人,我会很难过，但即使不认识，听了心里还是沉甸甸的。

晚上与百合聊天，她突然也说起这个话题："有时我想，如果我有什么事，我母亲会怎样？其实也不是完全没有可能。"

我告诉她，这些，我连想都不敢想，我甚至不敢生病，我要是生病住院，这个家就会无法运转下去，有时想想都累，所以就不想。所以我突然觉得应当感谢上天，给我健康，给我生活中的爱，给我亲人与朋友，给我每个清新的早晨，给我鲜花簇拥的春天，给我现在这样的生活，给我感恩的心。

我要好好生活，并且幸福，在每一天。

一 春 Chun

青梅煮酒与山间的狂欢

佳人有约,约我山间看梅。好色如我只是稍稍想了一想,就在花海里晕了船,约定的那天早上,起来眯眼望了望天,快九点了,太阳还在云层厚实的被褥之间赖床呢。

我们的目的地是长兴林城,十个人开车绝尘而去,一路上说不尽山水之美。长兴青梅栽培已有1500多年历史,品种主要有青梅、桃梅、白梅、花梅、实梅等,主要产区分布于长兴县小浦、仙山、水口、吴山、太傅、和平、丁家桥、二界岭等乡镇。旧志记载长兴梅园,"出吉祥门有梅花墅,小浦空王教寺有梅花弄"。至抗日战争时期仍然有"二十里地香不断",想来这些地方花开时香雪漫野,一定是人间仙境。虽然因为天气冷,梅花尚未盛放,我们还是找到几树刚开的花,并在树前一一留影,然后是吃饭,由此开始,"循香探梅"的风雅终于沦为"青梅煮酒"的豪爽。

到八都岕后,四处寻找茶室,被问到的农妇很热情,笑着说:"这儿没有茶室的。你们就是要喝茶呀?就到我家喝好啦。"十来个人就涌了进去。

喝茶的地方是厅屋,与院子之间没有门,院子里青砖铺地,院角翠竹青青,梅花才半开几朵,佑护着院子的是墙外一排高耸入云的银杏。女主人热情地捧出农家自采的野茶,还拿出吊瓜子、花生、银杏之类干果,说全是自家产的,木桌上还有阳光与春风的味道。

时光散漫,我们围坐在斜斜的光线里,仿佛已经这样坐过一生。我赞叹:要是下雨甚至下雪,半倚在这样敞开的厅堂里的靠椅上,捧一本书,也不细看内容,只看风吹斜雨丝,看檐下水滴石穿,看飞雪旋转,是多么自在的生活。

喝了半天茶,吃了一堆吊瓜子和银杏,告别女主人时想到她坚决不肯收钱,还让我们带上炒熟的银杏路上吃,我就十分感慨,江南确实温柔,这哪儿像在已经被开发的地方啊!

今天两次豪饮,中午是当地的青梅酒,入口有一种梅花的清香,微甜,虽然容易上口,度数却不低,喝着容易醉,晚上是自带的上好干白。这几位是我女友中最能喝的,白酒都在一斤以上。看惯了酒席间的扭捏,所以我格外喜欢这样的性情中人:豪气干云,坦荡直率,却不失可爱。

当地的朋友敬我们酒时,要我们派出个代表喝个满杯,结果几

一 春 Chun

个女人同时自荐道:"我来!"人家三四条汉子,全是号称千杯不醉的,只两三个回合就被几个小女子轻轻放倒,全军覆没。

席间自称芙蓉姐姐的那位回眸一笑百媚生,直至满室春风人人昏了头,连我这样的小女子也觉得意乱神迷,早就忘记了这是"战场",何况他人?谁知这美丽优雅的女人,其实是个能喝一斤二两白酒的杀手?来自北方的另一位行事更爽朗,她一站起来喝酒,还没喝就有了一种逼人的气势,她用的是盯人战术,以快求胜,一杯一杯接着喝,不让对方有喘息的机会,如对方想赖,没门!她会作势提起酒瓶,笑眯眯地说:"这个酒洗头也不错的哇!"吓得对面那个人再次猛喝不已。

像我这样的酒量,算不上正规军,但是好朋友在那儿拼酒,又岂能袖手旁观?所以,在间隙里会倒好满满一杯酒打游击,算是支持朋友:"和我也喝一杯啊!怎么就只和她喝?太过分啦,大家全是朋友,她只是比我美一点嘛,和她喝了那么多,与我只喝一杯总可以吧?"

这样好朋友相约看花、纵情喝酒的日子,人生中会有多少次呢?在以后的一年一年中,纵然世事艰难,我还能回忆起这样的日子:轻巧,单纯,沾满了尘世的芳香却远离世俗,如今我仍然喜欢那样的心情,幸运的是如今我仍然拥有着这样的朋友。

二　夏

如今有谁还在挽留岁月？
苍老的手指抚过洁白的刺绣，
破裂的沉香，百年的普洱，
终于一天香于一天。

榴花照眼过端午

  细雨时断时续,阴天,梅子初黄,屋后的几株石榴花开得正好,空气里满是艾草的芬芳。家门口悬挂着菖蒲、艾叶、桃枝、石蒜;锅里煮着粽子;桌上盘子里盛着绿豆糕;菜橱里有黄鳝啊、白切肉啊、咸蛋啊什么的,而桃子、枇杷、黄瓜、樱桃、西瓜之类的时鲜水果,在果盘里水灵灵地斗妍争奇——端午节到了。

  农历五月初五,俗称"端午节",端是"开端"、"初"的意思。明沈榜《宛署杂记》:"五月女儿节,系端午索,戴艾叶,五毒灵符。宛俗自五月初一至初五日,饰小闺女,尽态极妍。出嫁女亦各归宁。因呼为女儿节。"既然是女儿节,就多了许多的温柔气息,香草蘅芜饰门、五彩丝线缠臂、香囊绣包赠人。兰汤沐浴、户外龙舟、庭中斗草,说不尽风光旖旎。

  记得我家女儿四五岁的时候,每年端午节前,我早早给她买好虎头帽和虎头鞋,她的老虎衣服是我亲手缝制的。买来黄色的

一 夏 xià

老虎布，打开缝纫机，裁裁剪剪忙活一个下午，衣服就做成了，针针线线可都是当母亲的心啊。在端午节那天，小家伙额头上用雄黄写个王字，浑身上下穿成一只小黄老虎，可爱极了。

至于挂菖蒲、艾叶，薰苍术、白芷，喝雄黄酒，则据说是为了压邪，这一个节日在古代也是一个消毒避疫的日子。

说到端午节，我总是会想起《白蛇传》。在中国古代常有化了人形的异类与书生相爱的故事，我觉得最极端的就是蛇与鱼了，那是冷血的动物，是没有感情的那种，成了精后，爱起来的真挚却远胜于心智清明的人。

我是一个女人，大约因此永远也不会懂得许仙的心，但是，谁能摆脱蛇那样缠绵悱恻的纠缠？谁又能像精灵那样观物入心？那样的执着，那样甘愿舍弃一切投入，是不是最终也成了一种负担？而许仙，那个尘俗中的男人，心中始终放不下的念头便是：那个人，不是同类，是一条蛇，它最终会带来什么灾祸？

在端午节，这来自两个世界的爱情，终于被一杯雄黄酒浇得现出原形。这就是女人的悲哀，也是爱情的悲哀：不是所有真诚的花开都有甜蜜的果实，有时候，花开成空；也有时候，结下的是苦果。

"门前若无南北路,此生可免别离情。"有人这么说。

窗外一天细雨,山光水影,时光漫长。古代民间有占验习俗,说是端午节下雨,不吉;反之则吉。据说此种俗信在宋代已存在。陈元靓《岁时广记》引《提要录》云:"五月五日哨,人曝药,岁无灾。雨则鬼曝药,人多病。此闽中谚语。"清赵怀玉诗自注亦引有"端阳无雨是丰年"的谚语。

虽然有雨,我还是祈愿过了这个驱鬼避疫的节日,日子会慢慢变得从容,变得平实而温暖,也能够慢慢地开心起来。

二 夏

深山里的杨梅熟了

女儿住院,隔壁床上住的是个五岁小女孩,名字叫盼盼。虽然是个乡下小孩,却一点也不怯场,"姐姐、姐姐"地叫个不停,很快和我女儿厮混熟了。

孩子的父亲看上去很老,以至于我开始以为他是小盼盼的爷爷。他是个开心的人,一直笑嘻嘻的,宠极了女儿。他们出院时,我女儿一定要妹妹到我家玩,我就请他们一家到我家吃饭。盼盼来复查时,盼盼母亲带了笋干之类山货,送到我家里来,数量虽不多,质地却很好,我又留了他们吃饭。走时,我母亲找了三四盒补品吃食送给他们,我虽不多说,心里却有点怪母亲好事,首先重分分的,路上不好带,再则也犯不上这么正式吧?

等到盼盼母亲打电话过来说杨梅熟啦!我才想起曾开玩笑地说过等杨梅熟了,到他们家去采,于是真的约定了星期六,如不下雨,就去水口盼盼家。接到电话后,女儿激动万分,特地找了一辆自己十分喜欢的玩具汽车要送给盼盼,老母亲也准备了一堆物品,我则约了两个朋友一起去。

星期六女儿早早醒了,去窗口看了之后哭兮兮地说天下雨了,我就蒙头继续睡,过会她又来推醒我说,天晴了,于是就出发。过了长兴是夹浦,路边到处是杨梅树,公路边都是去采杨梅的人群和卖杨梅的村妇,路上有许多红红绿绿的标语和棚子。我心里虽然痒痒地想先下去摘点儿再说,但是盼盼母亲已经殷勤地几次打电话问:"快到了吗?"

远远看到盼盼与父母一家三口在村口眺望。到了他们家,我才傻了,我没想到现在还会有这么穷的人家,两间尖顶平房,墙壁上石灰只涂到一大半,还有一半的墙是毛坯,几乎没有家具。两间房,一间放了一张吃饭桌子和四个条凳,门边放了一个小木架子,上面有一只单灶煤气炉,煤气炉边上是几个瓮、几个碗;另一间,靠墙放一只窄条桌,桌上放一台很小的电视机,还有一只木床。一些农具堆在屋角。盼盼妈妈泡了茶,十分抱歉的样子,因为没有电风扇,怕热坏了我们。

穿过屋子,就看见门前的杨梅树,青青红红还没熟呢。一条狗热心地叫着,几只半大的母鸡四处觅食,一口井正对着门,井水清冽冰凉。墙上是照片,盼盼奶奶一一指点:"这是大儿子,盼盼爸爸。他到四十了才娶亲,媳妇是江苏逃婚来的,他们结婚生了盼盼。这是二儿子,如今也四十了,还是光棍呢。"点到一个高个儿帅小伙,盼盼奶奶语气便有些凝涩:"这是小儿子,三十岁了,刚要娶

二 夏

亲,却得了尿毒症,花完了家里的钱,还是留不住走啦。"照片里,杨梅树下的小伙子笑容灿烂;照片下,老母亲目光迷离。

看了他们家这个样子,我心里就很沉重,悔不该跑过来给他们增加麻烦。转眼到了吃饭时间,盼盼父母并没有做饭的意思,我正在犹豫是不是告别的时候,盼盼父亲笑道:"吃饭去吧,吃好了带你们去摘杨梅。你们路过的公路边上,杨梅品种一般还有灰尘,我带你们去深山里面去摘啊。"

随着盼盼父母来到一家农家乐饭店,门口停了不少轿车,进进出出的全是城里面孔,这大概是这里最好的饭店了,盼盼母亲说:"我们家里脏,我也做不好饭菜,这里好一些。"

随盼盼父亲去点菜,我点了几个野菜和一只本地鸡,除了我点的菜,上菜时多了野兔等野味,想来一定是盼盼父亲悄悄加上的。

山里什么都是新鲜的,芝麻菜满口生香,土鸡汤浓醇,野味鲜嫩,加上野笋,味道都好。坐位子的时候我就留了心,坐在靠着外面的地方,好便于结账,快吃完时,我拎了我的包,悄悄溜出去,还没溜到吧台,盼盼母亲像老鹰捉小鸡一样抓住了我,盼盼父亲已飞快地付了钱。

吃过饭回到盼盼家,太阳明晃晃地照射下来,阳光里蒸腾着一种昏昏欲睡的味道,我开始埋怨一起来的两位,都和我说今天是阴天,不用带防晒霜的,特别是其中一位说:"我早上擦好了防晒霜来的。"被我笑着追着打。

盼盼妈妈只找到了一顶草帽。我们说算啦，晒一下也是好的，于是就这么出发了。车又开了一程，终于到了目的地，空气洁净，有山风吹过来，正准备上山时，盼盼父亲开电瓶车赶到了，一脸的汗水，手里拿着几顶崭新的草帽。

下车后又走了一段山路，满山的大杨梅树用塑料绳隔开了，用来区别不同的人家。我们去的一家是盼盼父亲的朋友的，杨梅树都有20多年了，满树的杨梅压得树枝难以负荷，山民们搭好了毛竹架子。

一路上不管是谁家的杨梅都可以吃，边走边摘边吃，走到约定的那一家，我们肚子已经有点儿半饱，拎了篮子欢呼着往平缓的山上走，却发现深紫的杨梅全在高处。我使出童年时的本事往上攀，一回头看到女儿笑容满面，爬在另一个稍低些的树枝上摘着吃着，满脸杨梅汁，地上的小盼盼在四处钻着，边吃杨梅边玩。山风清凉，天空淡蓝，阳光从树荫里斑斑点点地洒下来，静谧的山，一下子吞没了我们，只有满山杨梅好似在歌唱。

当我们吃饱杨梅，下树歇脚，自己篮子里的杨梅才刚刚盖得住篮底，发现地上放了几篮刚摘的杨梅，全是深紫色，个头也十分大，比我们红红紫紫提下来的强多了，山民问我这些够不够？我吓一跳："全是我们的？"

二 夏

"盼盼爸说起码要六七篮啊!"

"带回去好送人啊,阿姨!"坐在一边抽烟的盼盼父亲笑眯眯地说。

我打开包拿皮夹,山民笑着说:"盼盼爸爸早付好钱了。"我知道对于盼盼家,这不是一笔小钱,所以着急了。

盼盼母亲说:"你们到我们山里来做客摘杨梅,哪里有让你们掏钱的道理?"我说:"如果不让我们自己付钱,一个杨梅也不会带下山去的。"

我坚持重新付钱,果农退回了盼盼父亲的钱,他脸色涨红,十分不安。

我在盼盼家门口的水井里,打上水来洗满脸的杨梅汁和尘土,清凉的井水直入心腑,我叹道:"山外哪有这样的好水!"盼盼妈妈说:"我去买两个桶,装两桶水走吧。"说着就往外走,被我拉住了。

洗过脸,盼盼奶奶沏上了茶来,茶水绿色宜人,入口香醇,我又顺口对朋友说:"多喝两口啊,这可是没有一点儿污染的野茶啊,样子比不上客茶,味道却是这样香醇!"盼盼奶奶说:"今年采茶季节,盼盼住院了,只有我上山采了一些,炒好了不到一斤,呵,老啦。"话音才落一会儿,盼盼妈妈递上三包茶叶来,说:"带上尝尝吧,今年没怎么采,才一点点啊。"

我说:"今年你们一共才采了这么点茶叶,要喝一年呢,我们有茶叶,不要这些茶。"盼盼奶奶说:"我们茶叶也很多的,去年的还没有喝完呢!"她往我们每人包里拼命塞,这可是他们家全部新茶啊。

阳光渐渐斜了,慢慢地移至脚下,回家的时间快到了。我让朋友打开车子的后备厢,想拿出两筐杨梅留下给盼盼,盼盼父亲无论如何也不肯留下,我说:"这么多的杨梅,哪里吃得完!看来只好浸杨梅酒啦!"

离开时一个大瓮被放在了车边,有几十斤。盼盼爸爸说:"这是我去年浸的野杨梅酒!回家再放两斤冰糖就可以吃了。" 盼盼母亲拎出一只很大的公鸡说:"知道你们要来,我早上就抓好了。"不一会儿,她又拎出几个塑料袋,全是些各式笋干,给我和我的朋友。这一切让人无法拒绝,你若是坚持不要或者付钱给他们,就是看不起他们。

在盼盼的号啕大哭里,车子满载着深山里的杨梅和山里人的情谊离开了水口,一路上女儿含着泪水,默默无语。那些深山的杨梅,如此洁净甜美,使我在每一个夏季都怀念。

夏日香气

下班回家,站在太阳底下等公交,毒日头明晃晃地泄下来,仿佛是无处躲藏的水银,幸好手中还有一柄伞。一个老太太半躲在我的伞影后面,我有意将伞打得偏些,希望能让她多些阴凉,于是她有些羞怯地搭讪道:"你几路车啊?我坐3路到绿色家园。"

我笑答:"我坐16路到东白鱼潭,有点远。"

看她热得通红的脸,焦急地眺望远处的神情,我又对她说:"阿姨,你到站台后的树荫下去吧,你的车来了我叫你。"接着来了几辆车,然后我的16路来了,我就对她说:"阿姨你自己看着点啊,我的车已经来了。"

她笑着说:"你这个人真的是好啊,真是难得。"接着又说了一次,告别后上了公交,我仍然在微笑,这样的事对于我,连举手之劳也算不上,但是阿姨却说了些称赞的话,人与人之间相互给予的温情,会给我们带来内心的快乐。

二 夏

在抽屉里看到一块旧手帕,细致的乔其上绣了绿色的竹,真丝的乔其纱已经泛黄了,是年轻时自己绣的,不看到它,早忘记了,绣的有一式四块,梅兰竹菊,是俗世的雅致。自己在纸上画了描上去,本白乔其纱上用白色苏绣线绣的,乔其纱很薄,所以在上面绣花有点难,很容易将线抽在一起,成疙瘩状。苏绣可以将线分开,分得怎样细致都可以,那时有多么好的眼神啊,现如今不仅仅是眼神,连静功也没有那么好了。

尺幅鲛绡劳解赠,叫人焉得不伤悲?好在当时并不曾将它们送了谁,到如今心情仍然能完整如初,日子也像这乔其纱日渐泛黄,而生命的内核,却如青青翠竹一样色泽依然。

在菱湖的时候,母亲就说要种一棵无花果树,却一直没有付诸行动,搬来东白鱼潭住下之后,看到小区里有许多无花果树,母亲又在说要种一棵,那天在厨房看到几只无花果,紫嘟嘟的已经熟透了,吃一个又软又甜,母亲笑着说:"这是我家自己的树上摘的。"自己的树啊?我怔一怔才想起来。

我们这一个单元,就只有门对门两户人家,对面的阿姨爽朗泼辣,与不少邻居吵过架,却与我们处得好。每年端午她总是在我家门口挂上菖蒲艾草和桃枝,平时做什么好吃的,与母亲也总是一碗来一碗去的。去年有一天母亲指着盆里几根枝条说,是隔壁阿姨扦插了送我们的无花果树,我看着可怜兮兮的几片叶子,也不知道会不会活,后来大些,生了根,阿姨又替我们种在了房子后边。

秋天时母亲又让我去看绿地中间一棵半大的无花果树,说这是对面那幢楼上的吕老师送给她的。我看了一下绿地中有好几棵无花果树,也不知道是不是全是李老师种的。

我家居然有两棵无花果树了!也不曾想起它,居然就结果了,无花而果的过程,看不到起承转合,就像邻里之间的包容与相处,熟稔与了解,慢慢地亲近,人生美好甜蜜的部分,如今由母亲传授给我。

在朋友的博客上看到盛开的碗莲,开得极好,拍得也好。想起以前我还年轻些的时候,住在菱湖,夏天院子里荷花缸、水仙盆里,种了不少碗莲,整个夏季全是荷花别致的香。父亲因我喜欢,便细心种植与照拂,而我只看花开一季,简单到从没有想到过它的出处。

父母对自己的好,很多时候要失去了才能痛切感悟。我所喜欢的大盆马蹄莲,十几朵清静地开着的,如今也没有了;秋天满园子的菊花,多到可以到处送人的,如今也没有了;还有荷花,还有山茶、紫薇……全没有了。偶然回去,只有墙角的几簇兰花,一棵蜡梅与一棵桂花,还单薄怯弱地活着,也不知道它们如今还开不开花。而紫藤、常春藤、爬山虎,却没了管束,墙上生长得乱蓬蓬的,地上也到处都是,带来一股荒凉气息。

想到这儿很是感慨,在朋友的博客上评论:"以前我父亲因为我爱碗莲,在家四处种,如今见到你的花开,宛如旧日我家的花,但终究不是我的花了。"

　　朋友的回复很温馨:"花依然是那朵花,只要你想,它便可以是你的。"是啊,春天的时候,我也要种些碗莲,也许女儿也爱看呢。

药　　引

这两天在吃中药,吃得有点辛苦,只有一样是好玩的:药引。我是药罐子里泡大的,却从没有吃过什么药引,这次吃药非同凡响,药引居然是猪脚爪炖黑木耳。药引从砂锅里冒出香味来时,整个厨房飘浮在一片家常的温暖里。

吃饭时,女友打电话过来约我与女儿一同去临安大明山玩,难得女儿乐意,就走一趟吧。

女友是个爽利的女人,只说一句:"到时去接你们。"就挂了电话。

吃药是因为胆结石,好友推荐了长兴罗岕山里的百岁老中医。在长兴,医生对我说:"你脉象细弱,体质怕不是很好,这药吃了是要腹泻的,你要是吃不消,就减点量吧。"我对自己的体质很信任,饭后照量服用。

二 夏

昨晚在茶人邨喝茶，回家已经不早，处理照片、写博客，睡得晚了些。在茶人邨时其实已见到药效，回家后风云变幻，腹泻得一夜无眠，这哪里是治病，分明是用极端手段减肥。到早上五点才算折腾完毕，微微合了一会儿眼，早晨从镜子里看到的自己，面色青黄，目光黯淡，神情委顿。

早上女儿变卦，告诉我不想去大明山了。我本来也想不去了，但这样放人家鸽子又好像不太好，于是用包包瓶装好了我的中药和药引，来接我时只有朋友夫妇二人，如今的孩子主意大，她家女儿也变卦不去了。

路其实挺远的，到了大明山，离黄山也不远了。今年很奇怪，从新年初一开始，一直让人一惊一乍的，每一次都受点小伤或者吓到别人，这次也不例外。

在路上，其实东西全是人家的先生背着，我还是觉得我的相机重，就挂在脖子上，大明山没有完全开发，路边很多面向悬崖的地方没有扶栏，好在边上树很多。

我是个喜欢走边边的人，在一个光滑的大石头上往回走时，要从里面弯一个圈爬过去到另一大石上才能往回走，那天因为没力气，只想偷懒。看到朋友的先生正好站在对面的大石头上，看上去很近，于是大叫："快，帅哥，拉兄弟一把！"那位从对面笑嘻嘻地伸出手来。

也不知道是我太胖太重还是石头太滑,"哗"的一声,我没有被拉到对岸,反而滑入石下,两块石头之间有许多小树,哗哗地我一下子就滑到了底,踩在沟底,只有头露在外面,手与身上只多了些青苔和湿泥。与此同时,那位"帅哥"也被我拉了下来,他在落下来的时候居然小心到没踩到我,在石缝里站起来后,两人在沟里面面相觑。

规规矩矩地绕过去的女友,她居高临下看过来,一时间吓白了脸。因为在我们身后一米多,就是万丈悬崖。

人站定后,我第一个反应居然是去看我的相机,还好还好,跟我历劫了数次,它依然在,真是好伙伴,再看看,帅哥的眼镜仍旧在他的鼻梁上。

石头上方乱乱地伸过来各式男人的手,是附近的游客,想拉我们上去。我谢绝了,慢慢地沿着沟往上走,因为再也不敢拉人下沟了。两人一前一后沿着沟走上来,女友长舒了一口气。我笑道:"不好意思,借了你先生的手使用不当,拉下沟了。"她嗔道:"吓死人家了,你还要贫嘴。"

那个地方好像叫惊马坡,坡前一牌子,两句有意思的话还记得:"进一步粉身碎骨,退一步山高水长。"

这两句话像不像生活的药引?

二 夏

生活总是另有深意

小区对面的公园有个荷花塘,去年还没有开花的时候,我就曾兴冲冲地去拍过,那时新蕾如簪,荷叶稀落,清瘦的花儿倒映在水中,有一种情窦未开的稚气,端得清丽绝俗。

花儿开得热闹固然好,我的性格却是有点清冷,不太热爱那盛放之美,倒是喜欢初开或者半谢的花儿:缺憾之美,反而让人有无限向往或淡淡感伤。

记得去年的这个时候,我还有一惊一乍的冲动,甚至想脱了凉鞋下到荷塘中去拍微距,真的是一日老于一日啊。

年少时看天看云皆是远的,一回眸一转身都是花开的气息,看到的未来,是没有瑕疵的,是粉红、纯白、浅蓝、嫩绿那一类的色系,晶莹的眉眼间,也是没有人间烟火气的纯净,心里所有的惊诧喜欢,全是小小的、羞涩的,只会在暗处独自开放。

我想,到终于老去的时候,生命会重新变得淡定柔和吧,那是一种褪色后的淡,像布衣穿了许多年后的妥帖,那时又会有了心境看远处的山,看天上的云,看时一切皆是轻轻浮动:浅灰、素蓝,还有远远的薄薄的黛色。在有点昏花的朦胧中,所有经历过的恩与怨,都在温暖的阳光下袅然散开,如雾如烟,会这样吧?

现在的我,仍然在生活的尘埃里奔走,尘世间的一切,提不起也放不下,生活的滋味一一尝遍,纵然这样,也不过是能在老了的时候,多一些微笑与谈资吧?如此想来,还有什么是重要的?和谁在一起看山看云又有什么关系?也许只是珍惜每一天就足够了,以后其实是想不来的,不过,想一想也是可以的吧。

晚饭前,突然又想起小区对面公园里的荷花应当开得差不多了,嘱家人不要等我吃饭,马上背起相机跑了出去,荷花虽美,但是荷花要拍出新意却难,他们都说:荷花是不太好拍的。

我倒不担心这个,我又不想拍出绝世佳品,我拍的就是我眼中的荷花就好,但即使这样其实也是有困难的:荷花正午开得最动人,此时却光线太强,又是直射的顶光,拍出来的照片会因为曝光过度而呆板无趣;而光线散射的斜阳里,荷花大部分都谢了,开着的也已现疲倦,少了娇艳与清新。

二 夏

xià

那么就拍残花与新蕾好了，开过的花想必谢也无憾，而尚未开放的更有无穷的期许，一池碎萍聚散无凭，风荷里缠绕不去的，是隔断了时光的盈盈暗香。

想起那句：红颜弹指老，刹那芳华。我慢慢地沿着荷塘走，身边渐渐多了吃过晚饭来散步的人，时不时有熟人打招呼。而朵朵荷花沐浴在夕阳金色的光芒里沉默不语，正是于纷繁人世间端然而立，目不斜视的矜持美人。

落花花瓣像一只只粉红香舟，在浮萍间轻快地行驶，因为没有目的地，所以它们格外地自由，小鱼们纷纷躲藏在落花下集会，头凑在一起絮语绵绵，这也许是荷花们返朴归真的另一种形式吧，从天空到尘世，只在飘落的一瞬间，其实也没有什么不好。

夏季的晚霞真美，阳光从云层后散向天空，万事万物全在这样的光晕中走向薄暮，天空层次丰富，色彩多变，像时时变幻的油画。

拍了一阵晚霞，但是无论语言还是相机，都无法表达与记录这样的场景，能够记住这瞬间的美丽，唯有眼睛与心，但不知若干年之后，我还能记住多少这样的霞光，这样的傍晚，这样的年华？

也像我们曾经历的感动与爱，本是不能够用语言完整表达的，所以在古代，有"高山流水"之说，那是生命中的一种领悟与一种懂得，是类同于在阅读诗歌、聆听音乐时所能感受到一个人的情怀，而当岁月渐行渐远，我们是否还能够保持当时的那一份感激？

荷花开到尾声，莲蓬却快要上市了，我喜欢莲子的清甜微苦，它们沉浸在水的味道里，甜与苦全在若有若无之间，花儿离去，果实归来，生活总是有得有失。

留得残荷听雨声；红藕香残玉簟秋；菡萏香销翠叶残。花残也是好景致，只等花残叶破，看风雨洗得秋高云淡，残破荷叶上的雨声，想必是十分好听的，当然，要有听雨的心情。

回家时天已经微黑了，家里人还没有吃饭，在等我回家呢。

二 夏 xià

母亲节礼物

星期天，送女儿到学校上课，家里一楼的阳台要封起来，所以请了人将阳台上的地砖与墙面砖全撬了，然后挑选瓷砖，装铝合金窗框。下午，我吃过饭，胡乱扎了头发，戴了双一次性手套，正往阳台的铁艺栏杆上狠涂油漆，电话响了。

是女儿的班主任朱老师气急败坏的声音，问我："川川的电话怎么打不通？"我说："她欠费停机没来得及开通呢。"她告诉我，下午小家伙逃课了。

我本是个沉不住气的人，于是立刻也变得气急败坏："她一向还是守规矩的，怎么会出现这样的情况？"

班主任道："我上午上课结束时，告诉同学们下午老师不来了，让他们自习，结果个个面露喜色，下午就全体跑掉了。"

我无比纠结，早已经忘记"风度"这两个字，联想到女儿的好朋友阿西近来老是迟到、逃课，就极为可恶地迁怒他人："她肯定和阿西一起跑出去的！打阿西的电话一定能找到的！"

挂了老师的电话，我怒发冲冠，想打阿西的电话，却无奈地发现，我根本没有她的电话号码。又不好意思问她们的老师，只有干着急。

燃烧的火焰慢慢熄灭，下午四点左右，小家伙打电话给我时，我的怒火万丈终于完全熄灭了，变得阴险无比。

小家伙说："妈妈，我放学了。"

很好，不仅仅逃学，还撒谎！我心里的火又熊熊燃烧起来，口气却很温柔："你在哪儿打的电话？妈妈去接你。"小家伙说："我在学校门口呀！"

急性子的我终于按捺不住："今天你一直在学校吗？"

女儿的声音变得怯生生的，敏感地问："是不是老师给你打电话了？我下午上课迟到了。"

我追问："为什么？"

她答："我出去了。"

我气势汹汹："让你去上学，居然中午跑到外面去！你那么喜欢跑，以后就不接送你了！你说，你上课迟到，究竟做什么去了？"

女儿带着哭腔："妈妈，对不起对不起！我已经主动找老师检

讨过了！我以为中午两个小时就够了！可是来不及，我还是打的回学校的！以后不会了！"

我愤怒至极地说："你不要避重就轻，你究竟做什么去了？"

她轻轻道："今天母亲节，我买母亲节礼物去了！我钱不多，又想挑好的，挑了太久了。"

一只橘黄色的皮革做的小兔，身上热闹无比：挂着水钻、小球、星星、花朵、穗子，还打着蝴蝶结，系在车钥匙上，真的是再合适不过。每天我拎着跑来跑去，看着它在我手上一跳一跳的，又鲜艳又温暖。

夏

尘埃三五字

快到吃饭的时候，利用零碎空隙，一个人在办公室整理着过去的资料，用处不大的就丢在纸篓里。几本笔记，是十多年前的，犹豫着是不是应该扔掉，随手翻开看，那些字远比现在洁净整齐，还有点拘谨，就像当年的我。本子上记录的是工作上的事，大部分是开会布置的记录，各种忙与麻烦，现在早已时过境迁了。有些仍然隐约记得，引得我心里一丝丝的怅然若失。

其中一本的最后几页，记录着许多治疗哮喘的专业医院医生的电话、地址。突然有泪水猝不及防地涌上来，让自己措手不及。以为早已经忘记的一切，原来未曾稍离，只不过它潜伏在生命深处，像古莲的种子藏匿在岁月深处，等待阳光和水。

三十出头，是女人最丰饶和美丽的时光，但是我记忆里那长长的日子几乎全是无助、惊惶与担忧。每天都在害怕，怕女儿生病，回家第一句话往往就是神经质地问母亲："她今天好不好？"

一个人背着孩子四处求医，在异乡的雪夜，寂静的车站，抱着熟睡的她等待回家的长途车。在最冷的冬天，披一件棉衣，在女儿的病床前度过一个又一个不眠的长夜。一次次在病危通知单上签字，守着的，不仅仅是辛苦，而是恐惧，那么尖锐的疼痛，那么彻骨的冰冷，那些不敢说出来的害怕。不知为什么，记忆里全是冬天，全是夜，全是我一个人。

记忆里满满的全是关于医院，关于看病，关于药的种种，女儿一出生就经历生死劫难，然后不止一次，我签过病危通知单，我深深地知道那种绝望的冰冷，那种直入心脾的彻骨寒冷，而我无从抵御。我像在冰窖里一样的无助，冷到发抖。于是我真的知道了，人是彻底孤独的，女儿在这样生死攸关的时候，谁能帮她？我是母亲，我给了她生命，我愿意放弃一切甚至生命来换取她的健康，但我也不能。我养成了一个习惯：女儿一生病，我就与这个世界隔开，除了女儿，所有的事情都变得遥远，变得与我无关，在我的世界里，只有这一个生病的小孩。

带着她满世界看病，冬天，我总穿一条长及脚踝的纯白棉袄，一旦她睡了，我就用它包裹上她，抱不动她时，就随便在街边石头上或马路牙子上坐下来，等她醒过来。也曾有过半年，每星期两次下班后乘车赶到湖州排队请一位名中医开方子，队伍很长，配齐药坐车回到家时，已经是凌晨，胡乱吃几口饭，赶紧煎药。

慢慢地，我也认识了一些新鲜的药草，那些年盛夏的和孚乡村，在密不透风的桑地里，在阳光炽烈的沟渠边，曾布满我急切寻觅的目光，只要这样的几个中午，人就变得黑黑的，皮肤上满是被虫子

二 夏

咬过的红斑,整个人就像烤坏了的面包。

而时间终究会让我们渡过苦厄。女儿在慢慢长大,去医院的次数越来越少了,因为有了更多的爱与担忧,有了血肉相连的艰辛与痛,有了新鲜的喜悦与快乐,有了希望,我性格上的脆弱部分慢慢也就有了韧性,我的生命由此变得丰厚,我的世界由此变得开阔。

小区的合欢花全开了,一条路上全是粉红的云,自行车从花荫下骑过时,沾一身淡香,我倚门眺望:邻家孩子放学回家,一路穿花拂柳而来,也让我心生欢喜。等一会,总会远远地看到女儿,高高的个子,穿着玫瑰红T恤,车骑得又酷又帅,像男孩子一样。她笑嘻嘻的脸上全是阳光,所以路上全是阳光,我心里满满的也是。

转身回家到厨房,听到女儿在喊母亲,然后她就温温软软地问一句:"姆妈呢?"我从不替她开门,只是每天等着这一句,只要她问一句,我的心就会软得要化开来。

母亲总是笑着说:"在呢。"来不及放下书包,我就会收到一个拥抱和一个香吻,但是在我心里,最感动我的还是那句:"姆妈呢?"就像十多年来的每一天。

窗外新雨初霁,空气清新,风轻轻吹来,愿它吹走过去的记忆。所有青春美好的日子,健康、快乐、幸福,让它们都来吧。

盛夏里的清凉生活

气温高达三十七八摄氏度,没有一丝风,天热得让人发疯。每天从单位的空调里狂奔回家中的空调,或者相反,之间最好没有一丝过渡,但是工作却是不能推脱的,我总是要苦着脸顶着毒日头往外赶,回来时,或到了单位就满足地叹口气道:"唉,我再也不为钱发得太少纠结啦,生命中有个空调是多么美好的事!"

家中养着的石斛开花了,这种又叫铁皮枫斗的植物在我家看上去很满足,因为母亲对它关爱有加,精心伺候着。花儿本是兰科的,开得淡雅清秀,不愧对它仙草的名声,只是看着它开着,若在幽谷,心便安静下来。摘了泡茶喝,清凉微香,若有若无的甜,石斛润肺清补,它的鲜花更是夏季的一味好茶,将它们泡在小青瓷杯中,半透明的样子极美。

与女儿一起逛街,小家伙喜欢上了一件真丝缎面花衣服,青色衣服上有梨花和月亮,女儿对我说:"妈妈,这件衣服一打折就只有一半价格,我们可以一起穿。你想想要是一起穿,就是花四分之

二 夏

一的价格,每个人多买了一件新衣服,多么合算!"为了这句可爱的话,就买下了。

天这么热,就找出一条真丝长裤配了它,清晨时,尚有微风,吹过时,一身真丝衣服飘浮而起。平时我穿多了黑白色,穿得如此之花,自己便有点不好意思,可同事皆说不错,最夸张的是一同进单位的同事,那个老男人开玩笑道:"噢,走来时像一位仙女。"我开心大笑:"如今,真有那么老、那么丑和那么胖的仙女吗?"

晚上煮的是荷叶粥,买莲蓬的时候和乡民要了一张新鲜荷叶,做出的荷叶粥是淡淡的绿色,粥晶莹剔透,入口时荷叶的清香直入心腑。若不小心叶子大了,便稍有苦味,配上清爽的肴菜,喝上两碗,夏季的暑气便消退了许多。

天那么热,所以何必做什么家务呢?乱就乱吧。吃过晚餐,就躲在空调里泡茶喝,看《红楼梦》,看《聊斋》,也看菜谱,无论是顺手拿的,或者以前看过的书,都不必用心。时间漫漫,也将喝茶的家伙拍了照片玩儿,陈年的普洱、用熟了的紫砂、老旧的青花瓷、竹子的茶垫、除秽的藏香……再过些天就是秋天了,夏季的浓郁热烈,也快过去了。

胡乱地看八卦电视剧,看到这样一句台词:"让我们的心接近天堂,而不是地狱。"心中一动,去天堂抑或地狱,其实都是我们自己选择的。既然可以选择,那么我希望我的心住在广阔、明亮、

清净的地方,有花香,有甜蜜和温暖。我还希望我的亲人与朋友和我在一起,有明亮的心情、幸福的感觉。

顶楼上好久没打扫了,朝南坡顶屋地上摊着颜料与画板。闲着也是闲着,慢慢坐下来,乱翻着以前的旧物,看到无情的时光掠过我的头顶呼啸而去,油画颜料发出好闻的气息,一瓶调色油漏得满盒子黏黏的。

想起那些云与山、冰川、马匹、树,拿了调色板,慢慢地挤上颜料,也不想,就乱画起来。颜料放久了,黏黏的,也懒得稀释一下。将想象和记忆里的颜色与景色,涂上画布,没有笔触与技法,反正就直接涂抹。开始画了一匹棕色的马,胖胖的,后来看整个颜色太暗,又将它改画成了白的。多下来一些颜料,还在画板上,小时候父亲画油画,我总向他讨点画着玩,所以颜料在我心中很金贵,不舍得直接就扔了,提了笔又乱涂一通,颜料全涂完了才收工。

叫女儿来看,小家伙像大师一样道:"还行吧,只是太粗糙了,明天还要加加工的,特别是那只驴子。"

我分辩道:"明明是马!"

她大笑:"我怎么看都像驴子,你说马就算马吧,嗯,这个要好好加工的。"

二 夏 xià

从夏季走到秋季

在一场接着一场的台风中,蝉鸣声渐渐疏落,入夜时分,独立庭院,仰望满天星辰,见北斗斗柄斜垂,光芒清泫如处子之心,暗自惊叹,微微觉得薄薄绸衣已有寒意,脚下,蟋蟀与纺织娘的吟唱,也一声声密了。

转眼秋天离我们近了,潜移默化,与我们互为因果,是不是很像我们的年龄?人生艰辛,所以在每一个心力交瘁的白天,我总是想,这一天快快过去吧,让我早早回家,远离这纷乱复杂的世事,早一点看见老母亲温暖的笑脸,听见小女儿清脆的童音,然后,与我散发着原木清香的床相依,寻个好梦。可是在月末、季末和年末,又往往暗自惊心:"这么多的时间真的过去了吗?现在,剩下的还有多少呢?"

夏季,在每天日复一日的重复之中,在风平浪静的表象之下,潜流汹涌,惊涛骇浪。我的生活,一向是沉睡千年的湖泊,一潭幽绿的水,波澜不惊,映照满天日月星辰,这样似乎也很好。但是,夏季台风到来,惊雷与闪电,疾风与骤雨,轻易地撕破了这平淡的格局,就如命运的巨手,轻松地毁掉我苍白不变的心境。

许多人与事猝不及防地出现在我的生命中,像宿命,就如突然遭遇了河流,同一个湖泊,忽然就有了不同的湖水,不同的生存状态。

所以我懂得了不能踏进同一条河流的真正含义,这盛夏充满激情和生命力的清澈河水,是怎样地改变了我?在已湮灭的前世,又曾有过什么样的记忆,才能在夏天给人带来蔑视天条的台风与暴雨?

其实夏季更适宜年轻人,坦荡炽热,风云变幻在瞬间;而秋季的空阔长天,朗朗乾坤,淡泊明月,也许更适合我们。剔透的女孩儿时代,有如水汽纵横的水彩画、乍开未开的玫瑰和易碎的水晶,清灵单薄,经不起一点点的委屈、一点点的波折;而今的我已遍尝生活的苦涩,千锤百炼,知道什么才弥足珍贵,秋天的女人,是淡远的古老画轴,是窖藏的红酒,是岩石中心的翡翠,深藏着美,所等待的,只是一双慧眼。

现在,秋天已经来了。秋天是内敛的季节,比夏天更为冷静深厚,为了在秋天里好好生活,我会调整好自己的心态,做一个有智慧的豁达女人,懂得退让,懂得包容,理解虽然不尽如人意却依然珍贵的生活,让自己变得更为真实而美好,也许只有这样,我才能真正地拥有秋天,拥有秋天的爽朗。

二 夏 xià

发现生活的美,学会与生活讲和。我们没有太多的时间可以用来斤斤计较、喋喋不休,试探与权衡。在无边无际的空间里,要有什么样的苦苦修炼,才能感动上苍,让我们在茫茫人海中最终遇见所爱的季节与人?在无始无终的时间里,我们能够把握的缘分又是多么短暂,一个恍惚间,在目光移向别处的刹那,可能一切已成幻象。

让我把生命中最好的时光交给秋天,一天又一天,从此交给云,交给月,交给秋风带来的无边欣喜。

浮 生

原打算周末窝在家胡吃胡睡的,平时早上起床赖得一时便是一时,谁知星期六一早,鸟儿只隔了窗在枕边脆脆的试了试嗓门,我就千醒百醒了,眼见得窗帘未拉密处一线乳白天光,越来越亮,于是跑到阳台上洗衣服。

多云天气,云彩翔集,像巨大无比的白翅膀飞鸟的聚会,在翅膀与翅膀之间的空隙里,天空比海更蓝。初夏清晨的风,带着一点点潮湿,吹得裸露的手臂凉凉的,翅膀在云中穿行时,也是这样的感觉吧?

女儿起床后,就接到同学电话,约着时间到书店去,早饭也来不及吃,兴头十足地就往外赶,本想带她上街,她却将眼巴巴的我晾在了一边,孩子越来越大,似鸟儿一样,飞得远一些更远一些,慢慢地会飞到我的视线之外。

二 夏

唉，天这么好，我就这样窝在家里，想想还是不甘心，于是对老妈说："去不去对面的公园看荷花？"她说："我想去剪头发。"

牵了她的手慢慢走到小区附近的理发店，母亲的手瘦得不盈一握，微凉。她微笑着和我说话，刚刚升起的阳光散散的，毛茸茸的照在她的头发上，发着黄蓬蓬的光。我想起小时候无数次与母亲牵着手走在长长的弄堂里，她低了头微笑着和我说话，青石板亮晶晶的罩着水汽，我小小的心里安定而温暖，世界随着我一跳一跳的。

而如今，是我低了头说话了，将来呢，女儿会不会也这样牵着我的手，带我走过暮年的光阴。

中午的饭是和慧的女友一起吃的，典型的江南菜，清淡而漂亮。二楼窗外有棵很大的香樟树，树下一片清静的绿茵地，更远处小河里游船缓缓而过，天空湛蓝，一朵朵白云之间有丝丝缕缕的云絮。

说着话，也听她们三人说着，女人到了一定的年纪，就像花儿开在低处，懂了分寸与退让，所以那样的美是淡然的，还带着点沧桑后褪尽了烟火味的沉稳，说起话来，就格外地容易入心。说的只是山高水阔的闲话，说往事，说他人，舒心的微笑却像茶树下的香草，慢慢在伸枝展叶。夏季正午，阳光毫无节制地一泻而下，老房子一片寂静。

下午回家，在空调房里睡得昏天黑地，不知有汉，无论魏晋。家里电话响起来还迷糊，那边女友在急："你还在睡？手机怎么不接的？一桌人在等你吃饭啊。"

就这样被惊醒，才想起有个约会，打仗一样穿衣收拾，又突然想到，手机忘记了，居然忘记在慧的车中，才下楼，就听慧在叫门，送手机来也，于是她直接就将我送到另一帮女人中。

星期天，不许女儿和自己出去，与她大眼瞪着小眼，在空调房里吃零食、吃水果、看电视混一天，我好像很幸福的样子，不知她感觉如何。

二 夏 xià

时光里的花朵

星期五放学回家时，女儿喜笑颜开地对我说："妈哎，星期一我生日耶，就在星期天过生日好不好？"果然是，我真是个粗心的妈妈。我说："好啊！想要什么礼物？想吃点什么？妈妈再为你买身衣服。"

女儿嘻嘻笑："礼物就算了，反正你也不会替我买游戏机的，吃的衣服什么的也免了，不如……"她又鬼头鬼脑地笑："给我折现？让我财政宽裕些。我也好买买书看什么的。"

我恶狠狠道："臭丫头，想得倒美，你不要礼物正好省我的钱。"小家伙吐着舌头，像老鼠一样溜了。

星期天早上，女儿一早就穿得整整齐齐地等我，牛仔中裤加T恤，我突然觉得女孩儿是越来越好看了。她嬉皮笑脸地挨到我身边，说："妈，我们什么时候出门？"我问她："想吃点什么？"她道："日本料理吧。"

我腻歪吃生的，做了修正主义，说："生东西夏天吃不卫生，不如吃西餐。"

她胖乎乎的脸上全是笑，讨价还价："那么简单点，就吃肯德基。"两人拍手成交。

两个人晃晃荡荡先到了商场，我问小家伙想要点什么？她给我看她的脚，凉鞋都穿两年了。

于是先买鞋。有点伤脑筋的是，小家伙的脚39码了，许多品牌的女鞋最大是38码。好不容易找到一双大的，她却不满意，对服务员笑道："阿姨，我才16啊，你怎么给我找老女人的鞋子啊？"

同时对我却毫不客气地说："老妈，你什么品味嘛。"她一路看去一路品评，对着一双双鞋，做指点江山的样子，我在一边提醒她："你看有些折打到了很低，买打折的。"

她取笑我："你就喜欢看打折的，要买东西就买自己喜欢的，别老打折的，千金散尽还复来嘛！"

我道："请教一下，这散尽的千金怎么还复来的？"

她道："你最聪明、最美丽、最可爱的女儿，长大后自然会挣许多钱咧。"

她终于看中了一双羊皮的，雨过天青的浅蓝，所有的装饰只是一个朴素的蝴蝶结，又简单又清爽，果然好看。我一看，五折。原来，她还是记住了买打折的。

因为鞋子价格远远低于预算，我兴冲冲道："走，下一个节目

二 夏 xià

是衣服。"

小家伙正色道:"好妈妈哦,衣服我就不买了,因为我现在上学穿校服,不用许多衣服的,新衣服刚买过,也有。再说现在买一堆新的,以后就会老是穿旧的了。买不需要的东西就是浪费,不能浪费钱。"女儿长大了!我感动得差点晕过去。

吃过肯德基,两个人挽着手溜达着到元祖买蛋糕,路过新世纪,临街的玻璃柜台,一片片皆是明晃晃的珠宝,女儿看得两眼光芒四射,对我信誓旦旦:"妈妈,我要好好学素描,长大了当个珠宝设计师,我设计的第一款首饰,送给您做纪念。"

我笑一声:"嗯,要是那时你还没有男朋友的话,我也许有希望。你现在有什么创意?"

她认真道:"创意嘛……我想设计一款带磁性的对戒,相爱的人戴着,它会有感应,妈,我第一个总会送您的。"

在元祖买了一个蓝莓慕斯,我接着准备到浙北超市买晚上的菜与面,小家伙却急着要回家,她肯定是馋了。等我买了菜回家,蛋糕已经被拆了包装,但总算还没有吃过,她眼巴巴地等着我回家呢。

三 秋

时间恒久，
我们总会习惯有人到来，有人离开。
舍弃不易，珍惜更如此。

湖上的秋天带着伤痕

这是深秋最后的明朗，每一片叶子都浸泡在阳光里。金黄色的阳光像是透明的染料，匆忙地渗透，所以还留下生动的绿色。我闻到了秋天最后的芬芳，秋天热烈的颜色，远远胜过了初春的温柔渲染。

春天的色彩全带着粉，半透明的光影，像水彩水粉一样，一片片叶子精致而完整，是年轻唯美的十八岁女孩子的画稿，每一笔都很细心，无可挑剔，却总觉得易碎。秋天的树，有一种决绝的苍凉，艳到极处，无从言语，细看时一片片叶子满是岁月的伤痕，我喜欢这样像油画一样潇洒的粗略随意，只有懂得的人，才能看到笔触里含而不露的心境。

伤痕也是一种美丽，在历尽世事的心里，是一种更为体贴入微的宽慰，如最知心的密友，不必说什么，只轻轻斟一杯陈年的茶过来，看一眼，只是淡然，心意却已经相通。

三 秋

远处的桥,脉脉一线,横越湖上,仿佛可以随之走到天涯海角。我不会去试着走一走,我只要在落叶下远远看着,凝想着就可以。这是杭州,《白蛇传》里的杭州,《梁祝》里的江南,能在古代的故事里听到蝴蝶缥缈的歌声就很满足了,因为终有一天,我会老得什么都听不见。

荷叶盛了太多的时光、太多的月色、太多的香泽,渐渐旧了,终于在某一天早上,被风吹破。残荷飘零,听雨或者盛雪,也不知当得起还是当不起?如果是我,面对这样的问题,就会轻轻一笑回答道:无所谓。

四季轮回,黯淡的只是今天的笑容,湖山不曾改变,花谢仍会花开,一切的一切,都像月缺月满。当然,除了我与你。

碧蓝的天空里微有云絮,鸟儿飞过,让人疑心什么都没有改变,每一天,每一年。我在阳光里的影子却重如磐石,不移不动。风吹过,只有黄叶起舞。

有人在湖边的长椅上促膝谈心,阳光照拂着,温馨又浪漫,像磁场一样吸引了我,走近了看是两个老头儿,边说边笑,脸上有阳光的金色,生动得让人沉醉。我在附近一只空荡荡的椅子上坐下来,眯着眼看湖光山色,近处的水,远处的山,更远处朦胧的影子,头顶上落叶纷纷,感觉就像电影的某个场景,只要一动不动,就能这样慢慢老去,转眼千年。

　　留不住的不仅仅是季节,还有我此时的感慨和心境,好在下一个季节又将来临,接下去是我喜欢的冬天,如果有雪,就是一场惊艳。所以我只是对自己说,如此美丽的秋色,我可别错过。

三 秋 Qiu

唇上的暗香

落落约我吃晚饭，下班后我就跑去她的花店。从花店楼梯上抬头望进去，看到了气质清雅的寇老师，还有另外两个美女，都笑着看我呢。与寇老师招呼过后，落落一一给我介绍：清纯活泼的是小宝，热情洋溢的是芬。我稍有点怕生，坐在落落办公桌的电脑后躲了一会儿，听落落她们嘻嘻哈哈叫着寇老师："老帅哥！老帅哥！"因为落落她们的可爱，老先生的随和，所以一会儿拘束感就没那么多了。

吃过饭后，我们去小宝的"绿丰茶园"喝茶。"绿丰茶园"虽然大，却不是茶室，小宝家在安吉山上有茶山和茶厂，在这儿卖自家的产品，闲时品茗赏壶，约朋友谈天说地，却不改山间女子稚纯，做了生意，只闻茶香，不见铜臭，听说何处有好杯好壶，不管山高水远，飞似的赶去收入囊中，所以博古架上紫砂壶与各式小杯，都不寻常。

喝的是寇老师从澳门带回来的普洱"七子紫茶"，听说也很是难得的。黑衣的小宝，灯光下肤色如霜，嘴角笑靥微露，布茶时姿势优雅静寂，端的是清风明月。

美人在侧，喝的是茶，谈的亦是茶与壶，我本是门外汉，偶尔插几句外行话，令听的人莞尔。喝到一半，落落的师兄带了两个朋友到了，见面还没招呼，打量我一下便笑道："星星啊！"居然还能说出我的名字，吓我一跳。他又道："你们还欺负过我啊！"

那天我与落落在群里无聊，两人商量："找个人欺负如何？"落落说："我师兄在线，他人可好了。"一把拖了师兄进了群。我看他的网名叫啄木鸟，就叫他"小尖"，他为人宽厚也有幽默感，很是配合我们的"欺负"。喝罢茶，他们走得早些，走时"小尖"道："欢迎你们继续欺负我。"落落笑言他师兄有一帮粉丝，果然有可爱之处。

寇老师本是茶人，听他谈壶，讲的不仅仅是壶的知识，更有岁月沉积的人生智慧，听着不由让人心折。小宝第二次泡的老白茶，是她自家茶厂的顶尖产品，香味淡雅适口，才喝了几口，又换了一款养得如乌玉一般的如意壶再沏紫茶。杯子是哥窑的，喝完时杯中余香不散，细细品来让人悠然心醉，寇老师说这底香"像贵州山里的空气"。

漫无边际，说到如意壶，原来如意纹饰暗藏阴阳之意，与欧洲教堂的门居然也有联系。小宝说："记得我那年刚从山里到湖州，遇到一些不愉快，心里真是无法排解，心灰意懒。那天寇老师来喝茶，用的正是这把如意壶，走的时候他对我说：'你手中握着那么多的如意，却这么郁闷，真是不值。'"

一语惊醒梦中人。小宝笑盈盈道："当时我突然想开了，我有那么多如意的事，只一样不如意，如此郁闷何苦来着？自此豁然开朗。"

寇老师约我们到他家喝茶，他有个大阳台，可以喝上一个下午，还有无数好茶，甚至有咸丰年间的普洱，小宝外号"鬼子"，就是常到他家"扫荡"的缘故。那么，以后多了可以访的人、可以蹭的茶了。

隔着银河的忧伤

美的东西要么是脆弱的，要么是荒凉的，要么是短暂的，比如七夕这个清丽的节日。

跟晚上有关的节日，除了七夕就是中秋。中秋是满月一样的节日，如果在亲人身边，一切是圆满的，连月也是明亮和圆润的。可是七月初七，天上人间一瞬的相逢，连喜悦里也浸透着绝望与忧伤，忧喜参半，无可奈何。

隔一条银河，隔了那些灿烂的星辰，相见的人是不是真的可以像苏东坡所说的那样："相逢虽草草，长共天难老。终不羡人间，人间日似年。"一年一度，在每年的这一天，踏过鹊桥，匆忙一会又匆忙告别，执手相看的人又会想到什么？这匆忙一会真的胜过人间无数吗？

歌咏七夕的诗词何止千万，能长久传诵的，恐怕只有秦观的《鹊桥仙》了。年少的时候不谙世事，喜欢其中的空灵美丽和俯视尘世的洁净：人世间有多少爱情可以和双星相比？可以那样坚贞、那样

纯粹、那样诚挚?默默诵读,悠然神往,也曾送了友人。如今知道,这样的诗词是不能用来送人的,也许它会成为一种一语成谶的暗示。

唯有七夕乞巧的习俗,给人带来清新和温柔。庸常夫妇,布衣相守,柴米油盐。相爱有之,争吵也有之,晨曦里耕田织布,明月下并肩回家,执子之手,与子偕老,岂不强过于这"玉露金风一相逢"之后的无边无际、无穷无尽的等待?

等待的人是无奈的,之所以等待只是因为除了等待别无选择,如果可以,宁愿选择的,还是那人间无数吧!张先道:"牛星织女年年别,分明不及人间物。匹鸟少孤飞,断沙犹并栖。"人间的相爱与相守,当然可以傲视双星。

可是,朝朝暮暮厮守之中,两情是否能够长久?所以,我们又不能不羡慕双星的永不亏损与永不变更。

三 秋 Qiu

走不出的岔路花园

与朋友在网上闲聊，有一句没一句地说话，一说就说远了，不知怎样转变的话题，说到了金融风暴、投资方向、企业管理这一类陌生的领域，因为插不上嘴，我只有静静地听了。他问："怎么不说话了？"

我笑答："说真的，我不太懂，乱说也说不上来。"

他想一想先前说的话题是诗词什么的，也笑了，说："我们走到了一个岔路花园。""岔路花园"四个字，让我想起在电视里看到的花园迷宫，在很高的绿色植物之间，是一条条通道，人在其中要寻一个唯一的出口，四面全是绿色屏障，要找到出口谈何容易？那些在迷宫中寻找的人，往往像无头苍蝇那样跑来跑去，又急又累，有的时候，只要转一个弯就能看到出口，可是他却重新折回走，又折腾去了。

镜头从空中俯瞰，所有的道路皆在眼中，清晰无比，我们为那些奔跑的人担心、叹息、着急，可是正所谓当局者迷，走迷宫的人并不知道哪儿才是正确的方向,他有时凝神,判断曾经走过的路,决定要走的道路。每一个转折点,都能决定他是否能够最终走出来。而最终的成功者,也许是因为运气,也许是因为能力。

我们人在局外,居高临下,所有的一切一目了然,因此充满了惋惜与悲悯。

上天看着我们兜兜转转的人生,苦苦挣扎的情感,那些痛楚与愉悦,每一次的努力,咬牙决定的前路,是不是也一样呢?他是微笑还是叹息?是不是我们自己,也能让灵魂与肉体分离,在高处看到迷宫的出口?

我喜欢广阔高远的风景,那种无边坦荡的境界,荒凉的美丽。拍照也喜欢用广角,拍大场景,拍尽量远些的距离,尽管我可能并没有驾驭广角的能力,沙漠、草原、雪山这些大场景却让我悠然神往。可是我出生的地方却是水软山柔的烟雨江南,触目看到的是细小的美丽,淡雅的风景,这也为我的人生定下了基本格调。

可我想看得远些更远些,尽量能够退后。近一些看到真相,远一些看到全局,而女人往往执着于追究真相,虽然也许真相会伤得自己体无完肤,而如今的我更希望能看到生命里的起承转合,源远流长。

如生活真的是迷宫,不会只是一个出口吧?也不一定要寻找到既定的出口,我们才可以走到开阔处,所以不必在细节上大费周章。

秋

我总是希望自己最终能成长成一个豁达大器的人。

我们在走的过程中,并不知道是对是错,认为错了,转身、掉头、换了方向,其实也不一定通向光明,只是在下决心认定一个方向时,不论对错,不再后悔即可。错了,也不必硬撑,不必一个死胡同走到底,以前的种种譬如昨日死,以后的种种譬如今日生。

有次去西递古镇,我一个人拎了相机乱走,从一个胡同到另一个胡同,一个墙门到另一个墙门,高处是飞檐画角,更高处是蔚蓝的天空和白色的云朵,人很多,走着走着我发现这儿我来过,原来在这迷宫一样的村庄里,我又走到了原处,我说不清这是特别有缘还是一段冤枉路。

第二次走到这儿,我看到了许多第一次没有看到的东西,拍了精巧的门锁,把玩了仿古的石砚,老板从雕花大木橱里拿了一只手掌大的红木小桌,紫砂壶什么的给我看,所以并没有白来。生活也如此,看上去不合理的种种,深入其中,有时或许可以理解,就像我们的岔路花园。

也许所有的岔路,都会有一个出口,只是每一个出口,风景不同而已罢了。我要学习做一个会欣赏沿路风景,并会与结局握手言和的人。

时光倒流　我看见你忧伤的眼神

赵孟頫书画珍品回家展，引得周边城市书画爱好者纷至沓来，这个画展是一场视觉的盛宴。从小品到长卷，从书法到图册，除了赵子昂，还有沈周、文徵明等人补图长卷。整个展厅有时光倒流的神秘氛围，在一幅幅画前，有人如老僧入定，有人窃窃私语，有人旁若无人大声诵读，也有人若喜若悲，痴迷不去，甚至有人喜极而泣。不同年龄、性别、地域的艺术朝圣者在这里展现人生百态。

我和女儿是二尾游移的鱼。横越时空，我仿佛站在湿润洁净的年代，优雅、平和，风中有鹤的歌声，窗外积雪里沁着梅花的香。

他其实并不是太平盛世的妙人儿。人们对赵氏贵为宋代皇室后裔，却做了元朝臣子的事总是颇有微词，但谁又能知道他内心的挣扎？时也运也命也。从《吴兴赋》中他翩翩俗世佳公子的豪情，到《吴兴清远图卷》中高古淡远的心境，世事变迁的伤痛痕迹，在古旧的绢与纸之间隐然闪烁。归去来兮！田园将芜，胡不归？那些长卷一次一次地向山水柔婉的家乡怅望。

秋

那些故纸上的字,是自然而然的信手而成,不做作,不伪饰,字里行间,有心情与爱在里边,或娴雅,或冲淡,或激情四溢,让看的人也是自然而然地心生欢喜,是真的好。女儿喜欢看的是画,小家伙久久站立在这些画前,小心别扭地诵读繁体的文言文,小嘴小鼻子差点就挤平在玻璃上,眼睛在灯光下闪亮如精灵。

有人指着画卷后面收藏者长长的题跋,对身边人说:"你看你看,这明明就是跟帖嘛!"老赵先生何幸,他的粉丝队伍横贯古今,上有权重一时的皇帝,下至平民百姓如我们。细细地看了那些跟帖者,人分有名气无名气,题的诗有好有坏,字也写得有美有丑,但总算他们跟了老赵先生,留了下来。我仿佛看到文字后面的那些灵魂,透过厚厚的玻璃,也看到我。

出博物馆,天高云淡,木樨的香隐约就在发梢上流连,好个秋天!我们几个女人在广场上捡栾树种子,粉红色的翅翼上有细致勾描的深红纹路,半开半闭时如美人困酣的娇眼,我预备放在茶几上的一个大玻璃缸里,而前朝的那些人、那些字,也渐渐远了。

我渴望那风那山那海洋

Wo Kewang Nafeng Nashan Nahaiyang

那个一同喝茶的人是你吗

自从我胆中生了一颗小石子之后,曾有人认真地对我说:"别忘记喝茶。"说话的是生命里重要的人,我记下了,便在意起茶的好处来。

以前一向不懂茶,平时喝水也是白开水居多,渴时牛饮,不渴时一天不喝也行。生活在陆羽故居的湖州人向来清雅,而我恰恰相反,但我会时不时收到朋友的茶礼,有一个奇怪的现象,绿茶大部分是男性朋友赠送,而红茶都是姐妹们所赐,也许是因为绿茶清而红茶醇,各有尘缘的缘故。也有几样好茶,如前几天落落送我的七子紫茶,我像宝一样收着,不舍得喝。

且不说本地的白茶与紫笋茶。早春时节朋友带了惠明茶给我,喝完了接着喝四川蒙山的秀美茶,随后又是开化龙顶,皆是上好绿茶,我乱喝一气,反正就是牛嚼牡丹而已。

不惯喝茶,所以喝得很淡,每天清晨,阳光照到透明的玻璃杯上,水汽弥漫,茶色浅绿,淡到若有若无,杯底的叶子轻歌曼舞,

秋 Qiu

我贪图的就是这份好看。

女友也是个细致宁静的人，闲来请我饮茶，杯盘壶盏，纤纤玉手，细香依依，一时恍若天人，而我喝罢却只是记得个好看的模样，即使这样，还是慢慢喜欢上了茶，喜欢了淡而悠远的氛围。

近来心情并不好，收到寇老师的茶约，如阴雨日子里突然看到明朗的花事，心里惊喜不已。那天喝的茶，用二十多年的紫砂壶泡的，从来自韩国的人参茶开始，到陈年的正山小种，久闻其名却从来无缘相识的神秘虫屎茶，最后是轻浅可人的松萝，是一场看似清淡实则奢华的盛宴，我说奢华，是因为喝的那些茶中暗含的年份，时间才是主宰一切的胜者。

有魅力的男人，就像一棵茶树，虽然渐渐老去，却因年久日深而枝繁叶茂、清新俊逸。时光之手自然有它的匠心，从那些枝叶间看过去，是一种淡然无瑕的清透和领悟，我喜欢那样返朴归真的天然随意。

壶与茶的相逢如人与人的相知，云外明月，须得中天落下的桂子方可相称，所以好壶与好茶才能相宜相配，不然就会委屈了其中一方。可什么才是好壶？我不懂茶也不懂壶，但是寇老师名动江湖的心经壶与茶经壶从盒中取出时，还是让我眼睛一亮，内心震动，虽是初见，一份纯粹的感觉不可言说。

同去的女友将壶握在手中，细细把玩，不舍得放下，我提醒她：

"小心摔了啊!"

寇老师笑道:"摔了有什么关系?最好的壶也有破的时候,既然摔破了,就是到了要破的时候了,不用挂在心上的。"

是啊,生活中有多少不想破灭的东西,曾经期望它永远陪伴我们?不仅仅是物件,还有感情,最后又有什么可以永远留得住的?所以只是留住曾经的心意就好,不必奢求太多。我微笑,是因为突然懂得了。

边品着茶和干果,边说那些个好壶好茶,时光散漫,空气里茶香清淡,弥漫在正在开放的菊香之中,沁入我们的心底。寇老师缓言道:"什么才是好壶?如果你有一个相爱的人,并不懂壶,却特意送你一把他精挑细选的壶,也许壶本身十分普通,但你能说它是一把普通的壶吗?对于你来说,它就是最好的壶啊!"

寇老师给我们看他的一把壶,款式朴素,黳色的包浆使它玉色晶莹,荧然发光,在一橱品相不俗的好壶中如鹤立鸡群。它曾是一把普通的壶,如此剔透可喜,暗藏清贵,其实全仗了多年的精心养护,这是另一种好壶,爱使它卓尔不群。也许,当中还有它自己的苦苦修炼。壶如此,人亦如是。

说到好的茶,就会说到它的出身,茶来自高地,最好是云深不知处,越是远离尘世,越是妙品,让人想起高士与美人。在寇老师一只精美的小瓷瓶里,装着20世纪80年代的"陈年仙丹茶",它另有一个名字却叫"虫屎茶"。"仙丹"即是"虫屎",半瓶茶,单是两个不同的名字,就充满了禅意,而所谓虫屎茶,却异香入骨,实在是难得一见的仙品,正是味外有味,茶外有茶。

在此之前我听说过这茶的渊源,是一个海外朋友送给寇老师的,而此茶是一种叫"夜香蛾"的小虫饲以香叶所产,越陈越香越珍贵。在寇老师眼中,并没有懂茶与不懂茶之分,而我们也没想到今日有缘一品仙茶。

想一想,我还贮着今冬洁净的雪水,尚有几把不知好歹的壶,有数样朋友送的茶,窗外天色明净,菊花的香味远远近近,什么时候扫了积尘,净了器皿,洗了双手,换了素衣,也可以请有缘人来喝一杯淡茶的。

那个人,是你吗?

轻若梦　淡如烟

不知什么花才能承载秋天，桂花初开，却一霎黄昏雨，空气里的香有无处可去的怅惘。

雨虽然在窗外，寒意却愈来愈深，我上楼取了厚些的被褥下来，像病人一样怕冷，居家服也只好换了稍厚些的，特意挑了宜人的淡灰，我从小就喜欢的颜色。坐在电脑前，听秋雨打在芭蕉叶上簌簌有声，突然担心今夜的桂花怎样度过这又冷又湿的夜晚。

仿佛是真的病了，软弱无力的人与百无聊赖的情绪，只是稍一动便是一身薄汗。不过我喜欢这样的情境，有的时候，肉体的痛楚和不适可以减轻心灵的软弱与忧伤。

每当无法面对现实，我就期望能够生一场病，人可以躲藏到疾病里面去，这个时候，疾病就是最体贴的慰藉，我的身体与我有一种类似同谋的默契与暗喜。

二 秋

下午淡雅来玩，我因为累，说话也是懒散的，有一句无一句，想必她懂，朋友们都习惯了我这样的无礼。我慵懒地用玻璃茶具泡"冰雪美人"给她喝，加了柠檬薄片，玻璃茶壶与杯盏在暗黑的茶几上，有一种脆弱的精美，而颜色娇艳的洛神花慢悠悠地展开花萼时，酒红的汁液一丝丝飘散，像一个远离尘世的绮丽昼梦。

洛神花的颜色，让我想起木芙蓉，再过些天，木芙蓉就要开了。在《红楼梦》中，木芙蓉是属于黛玉的花，风露清愁的美丽中有无限的哀伤。

水族箱里的鱼剩下了最后一尾。它孤独地游来游去，薄纱一样的尾，落寞地飘动，水缸里放着的各式贝壳，又长了苔藓。我不知道它怎样想，会不会怀念曾经的伙伴？会不会向往大湖大江的广阔？总之我无从猜起，一条天生的观赏锦鲤，也许鱼缸就是它的命运，所以它什么都没有想。

我久久地看它，它游过来，面对着我若有所思地停了下来，我宁愿相信它不是在等待我给它食物，而是它懂得我，只是隔着玻璃缸与前一生的咒语，所以它才没有说出话来。我也懂得，所以我也不说话，我看看它，慢慢地笑了。

三生石上旧精魂。有一年秋天去杭州天竺寺，并不知道那块平淡无奇的大石头就是鼎鼎有名的三生石，嘻嘻哈哈跑过时，看到一个小女孩子在石下捡树籽儿，看到我就抬头笑了，给我看她手中的宝贝，我夸一句"好看"就走过了，为什么不多赞她一句呢？我依然记得阳光里她明亮的笑容，像有光芒照到我，而人与人总是瞬息缘尽。

与人聊天时，听到这样一句话："结局都是一样的。"我不以为然。其实这句话颇有禅意。生离与死别，过去与现在，无论在一起多久，谁都逃不过的结局就是分离，所以人是彻底孤独的，而早一点分开与晚一点分开又有什么区别？我们要做的只不过是在短暂相遇的瞬间，给对方一个温暖的笑容。流星一闪而逝，是远去的风景。

三 秋 Qiu

我知道珠贝的心情

单位体检时,我被检查出胆中有一小结石,每年检查,它总悄悄地在成长,它在我不知道的角落里独自微笑,像一个沉默的婴儿,我总疑心它是活的,是一颗莫名其妙的种子,我和同事开玩笑说,我知道珠贝的心情。

春天的一个晚上,它终于证明了自己的存在。那晚雨人在他妹妹的饭店请朋友们吃饭,我回家已经不早,洗澡水偏又凉了些,晚上睡下后,先是不适,然后是疼痛,不是尖锐的痛,而是无所不在的又钝又沉的痛感,从胃的位置向全身扩散,时轻时重,辗转反侧,最后只能去看急症挂水,折腾一夜。

母亲从此多了一件心事,反反复复提起。她听老姐妹说长兴白岘乡罗岕有一位九十多岁的俞姓老中医专治此病,就抄了地址、电话来,逼我去看。而我意兴阑珊,一拖再拖,就这样拖了几个月。

正好长假,母亲在节前絮絮叨叨,一直提起这件事。我无可奈何:"好好好,一放假我就去吧。"

早上起床,我用朋友给的号码打了电话过去,是俞老先生的孙女接的,说这几天可以看病,并告诉了我怎样走。我整理了一下就出发,平时没觉得什么,出行时才知道没买车的不方便。

从家里到车站乘车到长兴,坐三轮车换车站再到煤山,从煤山包一辆小三卡到罗岕。如此折腾,累到了极点,我一路上心绪沉重,其间只吃了一个汽车站卖的玉米棒,好像也不饿。

路途遥远,心中苍凉,往事如水一样流过。好在一路风景清秀,三卡司机怕我寂寞,一路和我说着风土人情,还说不论看病多久,他都会等我回程,陌生的人,让我心生温暖。

到罗岕时已是下午,是小俞医生在坐诊,屋子极为破败,人气却不错,听说江苏浙江方圆百里,"怀璧"之人,都会到此一试运气,是啊,只要有希望,还是试一试好些。

小俞医生虽然年轻,却稳妥沉静,一个一个患者仔细问诊,所以看得很慢。趁着排队的机会,三卡司机陪我屋前屋后地看了一下,小村宁静,鸟语轻巧,有小狗对着我们吠叫,叫两声就颠颠地走了。

三 秋

屋侧是一株巨大的银杏,从树下望过去,小小的林子里有薄雾弥漫。不由心想,我要是能生活在这样的地方,远离纷繁的世界,该多么好。

看完病,又到白岘乡医院拿药,然后回到煤山,三卡司机陪了我几个小时,却只要了来回的钱,想给他稍微多些,他坚决不肯多拿。从煤山到长兴,又乘回程的士到湖州,回到家时已经快吃晚饭了,我倒头就睡,醒来时夜已深。

人一生病就容易脆弱,身体不适使心情也会变得低落,甚至看不得初秋一阵细风吹落最后的蔷薇。

我是个真正没出息的人,虽然也知道人是彻底孤独的这一类道理,但凡有点头疼脑热,还是会感到无助和孤单,这个时期的风雨虽然还是温暖的,但小病中的我却有凄凉之意。"月斜风起袷衣单",人有寒意,风在窗外徘徊不去。

拖了几天,又重新发了烧,人一下子瘦了许多,看样子是熬不过去了,只有到医院挂水。记忆里挂水的场景老是一个人,久了也就习惯了。

早晨走的时候和女儿打个招呼,淡淡地说:"妈妈挂水去了。"

女儿回头,披头散发的,先赖在床头看电视:"妈妈要不要我陪你去呀？"我道："不用，妈妈一会儿就回来了。"

小家伙也淡淡道："你当心点啊。"一个人往医院走，带一本书，其实早已经习惯一个人挂盐水，也许是因为老了，这次却显然有点脆弱。

看着盐水一点一点滴下来，时间特别慢，突然输液室的门被推开了，是女儿的笑脸："妈妈我来陪你啊！我换了衣服就来了！"

她笑着的脸如此娇憨可爱，我为了看到这样的笑脸，甚至，连生病也是值得的。

秋 Qiu

古代的论坛与微博

上医院挂水只带了盐水与一本清朝张潮的《幽梦影》，薄薄小小的书，适合这个时候看。这书我买了好久，从没有打开过，挂上水，打开书，只看了序，就喜上心来，真是可心人写可意书。

"凡一切文字语言者，总是才人影子，人妙，则影自妙。"然也。此书的可爱之处还在于评语错杂书中，我特别喜欢那些评语，其中诙谐可爱打趣玩笑者，如我和我的朋友在论坛上的插科打诨，让人莞尔。

他说善恶："无损于世，谓之善；有害于世，谓之恶。"

他说道与释："寻乐境，乃学仙；避苦境，乃学佛。"

他说朋友："对渊博友，如读异书；对风雅友，如读名人诗文；对谨饬友，如读圣贤经传；对滑稽友，如阅读传奇小说。"想想我的朋友就会心笑。

他说石："梅边之石宜古，松下之石宜拙，竹傍之石宜瘦，盆

内之石宜巧。"

他说处世："律自宜带秋气,处世宜带春气。"

他说美人："以花为貌,以鸟为声,以月为神,以柳为态,以玉为骨,以冰雪为肤,以秋水为态,以诗词为心。吾无间然矣。"

看跟帖更是蛮好玩的,他说"五恨松多大蚁",然后又说到"以松花为量……山居以乔松百余章,真乃受用不尽"。跟帖便笑他:"君独不记'松多大蚁'之恨耶!""松多大蚁,不妨便为蚁王"。哈哈。

这样闲适动人的文字,要心闲、手闲之人,于山遥水近,花间月下的安静巧想中写出,如梦如影,如春露秋霜,清雅入读书人的心。

盐水挂得顺利,一卷看完,盐水也挂完了。

三 秋
Qiu

少女时代的一首诗

多想对夜色中渐渐远去的背影

轻轻地叫一声

留住你匆忙的脚步

让黑海的浪

再一次漫过我的头顶

然而我知道

春天留不住果实

早晨留不住星星

我留不住你　留不住你

你的名字　最后

我渴望那风那山那海洋

Wo Kewang Nafeng Nashan Nahaiyang

沉甸甸在唇边冻凝

这是我第一次发表的一组诗中的一首。我已经记不住是在怎样的一个场景下写的，但是它今天居然还会突然冒出来，仿佛青春不曾稍稍远离，仿佛几十年的时光只是短短一瞬，仿佛我仍然是那个有点羞怯和忧伤的女孩。

秋天是离别的季节，先是告别夏季的花朵，然后是果实，最后是叶子，叶子落尽时，冬天就到来了。

我的年龄，也到了生命中的秋天，所以已经习惯分离，习惯告别，也可以微笑眺望过去和将来，如果一定要看今天，我就会仰头望天，天青云淡，雁过留情。秋天其实是最好的季节，就像今天是我余下的生命中最新鲜的日子，明天就要比今天老一天了。

秋天留下安宁平和的心境，不等待不期望，因为该来的终会来到，该去的也终会离去。想好了再过一些天就到长兴看银杏去，在金色树叶里寻找银杏果，在映满秋山的窗子下品茶，在野柿子树下扔石子儿等它掉下来。每一年的秋天都是不同的，去年的叶子和今年的肯定不同，人也是。

如果一个人在山脚的民居住上几天，早上提了相机上山拍晨光里的树，黄昏傍着流泉吃饭，晚上枕着山果落地声和虫鸣入睡，没有一个认识的人，也不知道会是什么滋味、什么心情？叶子落下来时在空中飞旋，不知去向何方，不会像人一样告别，也不会像人一样回来，所以有时想，做人还是幸运的。

那些在路上的人、在远方的人、去向远方的人、告别的人、去了又回来的人，在秋天里都有理由，叶落归根，又有多少叶子真的落在了根上？中秋就要到了，许多人对这个节日重视得不得了，又有许多人对它毫不在意。重视与否，其实与人的境遇相关，幸福的人往往是相似的，不幸的人同样是。幸与不幸，其实看的就是自己。美景与良辰，只要占得一样，便是人生好时光。

只要人长久，只要月依然，只要心境安宁。此刻正好在看我文字的人，如果你正好也举头望天，月亮渐圆渐满，那便是我对你深深的祝福。

我渴望
那风那山
那海洋

Wo Kewang Nafeng
Nashan Nahaiyang

慢慢变成茶一样的人

紫砂壶里是一个世界，人可以躲藏其中，且不管日薄西山，人之将老。一壶淡薄茶水，浅淡了心中的色彩，侍弄紫砂的手里，乾坤流转，隔得断尘世里的爱欲情仇。二十出头时参加笔会，曾认识一个宜兴丁蜀人，笔会结束后，他借了一个由头来看过我，带来一把红泥桃花壶，好泥好手艺，很是精致，如今仍在。那个人从来没联系过，因为有把壶在，就记得。

很多次也曾路过宜兴，买过一些壶，送人的送人，碎掉的碎掉，大部分的壶，像大观园的群钗一样风流云散。当时并不在意，如今回想起来很是可惜。以前还写过一首《断柄茶壶》，有这样的句子："如何把握一生，如何面对一局残棋，说消失的已经忘记？"是啊，记得难，忘记更难。当年收壶的人，不知如今还有谁还健在？想必也老了。

曾去过一个手工制造大缸的作坊，有几个人在做活，像在不知什么年代的过去，一个七十多岁的师傅，告诉我他入行有六十一年了。六十一年是多久？是不是他十几岁时，天还很蓝，水还很清，山上的紫砂细腻而纯净?

意外地收到老师的字,我喜滋滋地夹在台板下,是两句茶偈,一句是:"合则聚,抵则避,少是非,吃茶去。"另一句是:"颂毋喜,谤无辩,平常心,茶中练。"送来的落落笑眯眯道:"外国的茶友求老师的字,要500元一个字哦!"我马上财迷地从台板下取出宣纸,开始点字,连题跋大大小小40多个,收起来道:"一会儿两万元卖掉,我向老师再要一幅去。"众人看我要宝,皆大笑。

喜欢老师的茶偈,有一种冲淡平和的大气,一个"避"字,谦和低调,仿佛隔水相见的银河,宛转明亮,不伤人,人也伤他不得,明明白白却含义无限,是一杯淡茶的清明。

平常心,茶中练。前些时候老师请我们喝茶,并不因为我们不懂茶而稍有怠意,一味味好茶全是绝品,他并不说破,只平平淡淡泡上,让我们平平淡淡喝了走人,隔了许多时候我才从落落处知道,单是那天喝的陈年正山小种,就是20万元一斤的天价。我听到时吓一大跳,不过老师以为没什么,自然是对的。

这些天老师又约了我们喝天心寺的大红袍,他也只有能泡两壶茶的茶量,他自家还舍不得先喝一口呢。他这样的处世与为人,其实骨子里有着我行我素的潇洒与骄傲:给自己欣赏、喜欢的人喝,懂不懂茶又如何?

我也希望能够慢慢变成这样的人。

我渴望
那风那山
那海洋

Wo Kewang Nafeng
Nashan Nahaiyang

醉眼秋风湖上路

前往下渚湖时,满荡芦花开得正好,走在其中,芦花的绒毛在阳光里闪闪发亮,风在芦叶里穿过,沙沙有声。还有白鹭,飞得自由而浪漫,一俯身,带着你的灵魂就飞远了,让你的心,空落落地无处安放。同去的还有慧、素等女友,满眼看过去,都是自己喜欢的景与人。

如果去年同去的朋友是清淡适意的茶,那么今年同去的人,是香醇入心的酒。酒的喜欢是另一种喜欢,就像朋友的好,也可以远胜于爱着的人,因为远近适度,看过去刚刚好,这样的距离,稍近些可以握到了手,稍远些可以看到隐约的背影,是一种有保留的爱,心中更容易温暖和感激。

下午就跟着静的车出发,一路上俚语俗话,笑声不断。讲起来也是读得诗书的几个人,奔向下渚湖的目的却有些上不得台面:纯粹是为了满湖不受污染的野生水产和当地屡败屡战的酒友,游湖是附带的。

三 秋

Qiu

一路电话，晚上的饭局美女帅哥约得满满一桌。我们这几个人，要往深处说，真是有酒肉朋友的味道，聚在一起，说得最多的话题、做得最多的事，就是两个字：喝酒。

乘了船往芦花深处而去，船在水上，人在船上，秋在岸上。一路行去，轻浪搅碎了落在湖里的云霞。因为秋已深，候鸟几乎全部飞向了更温暖的南方，缺了白鹭、野鸭的湖，不免有了秋天的萧瑟与凄清。好在天又高又远又蓝，棉絮一样的白云懒散而悠然，空气又那样纯净，芦花一枝一枝地摇摇晃晃，它们长发飘然，像并肩而立在秋风里的美人，又让人觉得风吹来也是这样流畅的形状，心里也就爽朗起来。

同去的几个女友皆是爱笑爱玩且心无城府的人，一时一船笑声。在湖上的竹楼里喝茶吃豆，剥刚出水的嫩菱吃。静手持两枝芦花，坐在竹楼的栏杆上做妖精状，芦花梢儿就近拂到了另一桌在吃三道茶的先生脸上，也不知他知不知道。

最精彩的还是晚上的宴饮，这是我们的秘密，说好了以后老了再细细回味的。

我渴望
那风那山
那海洋

Wo Kewang Nafeng
Nashan Nahaiyang

今夜月明人尽望

老房子里总是有些老东西。在老家整理旧物，找出一叠当年的明信片来，我细细地一张张看过去，想到当年的我，年少骄傲又内心孤独，不由感慨万千。其中有一张是一个年长些的朋友中秋寄来的，和当时的样式不同，特别地细长，色彩古雅，画面是日本浮世绘，一个长发女子的背影，发际松松地扎了，又一直往下沉，天色灰蓝，圆月淡黄，那个女子正在看月，是闲云野鹤的那种看，并不着痕迹，但不知为什么看那个背影，便会无端生出孤寂来。正面用蓝黑墨水淡淡地写着的两句，如今已经褪了色："今夜月明人尽望，不知秋思落谁家？"然后是落款，当时我也是云淡风轻，看过便收起放到一边，但并不是不知道其中深意。还仍旧是朋友，联系不多，慢慢也变得疏远了起来。

与学摄影时认下的"师傅"相遇，他招呼我："小子。"他一直将我定位为"十多岁的小男孩子"，说我贪玩任性，说我不懂事，说我没女人味。我不服，有没有女人味你怎么知道！其实师傅说的

并不完全是不实之词,我的确有他所说的毛病,只是自己觉得没有那么严重。"世事洞明皆学问,人情练达即文章。"与人相处之道我好像也懂,只是我不想活得太累,所以就这样随心所欲地放任自己了。

我不是很懂得礼仪与客套,但至少我不装模作样。在感情里也许我是一个冷漠的人,但至少我不权衡得失。我知道我身边所有的人,给了我肯定的爱,没有人与我玩钩心斗角,没有人打击中伤我,始终让我处在一种温暖、平和的爱的氛围中。在我最孤独和困难的时候,我身边总是有朋友在,我一回头总是看到他们的眼睛。我的同事容忍了我的懒惰与不求上进,给了我很多的帮助和关爱,上班对我来说,就像是去会朋友,所以也很开心。

人生总是有得有失,上天给我最大的财富就是将那么多好人安排在我身边,在我身边的人像容忍一个孩子那样容忍着我,所以我是多么幸运。

还有对我像对待私产一样的母亲;我小小的女儿,生命因为有了她才会疼痛,也因为有了她而有了价值,所以她是我心里永远的幸福源泉。她会慢慢长大,我会慢慢老去,但是因为有了她,我的生命里就再也没有什么缺憾。

三 秋

我的幸福如此简单

国庆节前女儿回家告诉我,老师让她和家长说,她近视了要配眼镜,这事儿被我拖了好久。过了些天回家,她哭兮兮地对我说,因为没有配眼镜,老师说她撒谎,说了很难听的话。她很伤心,要我打电话给老师澄清事实。

成绩不太好的学生在老师眼里总是不那么可爱,可是他们在父母亲心中是唯一的宝贝,这件事影响了我的情绪,我却不知道怎么和老师沟通,好在女儿是个开朗外向的孩子,过了一天她就告诉我,不用向老师解释了,反正这个星期要配眼镜了。

我在她的书桌上看到一只白色眼镜盒,也不知什么时候她用积攒的零花钱买的,我心里又酸又涩,很是内疚,我这个母亲在很多时候实在是不尽责,也只有女儿这样大度的孩子才会容忍我。于是我赶紧替她配了眼镜。她雀跃,回家路上一迭声地说:"妈妈谢谢你啊,妈妈谢谢你啊!"

女儿也会用我的 QQ 号在我的群里乱发图片,乱说话。有时我在上面开玩笑,就会有朋友问我:"小家伙,你妈妈呢?"

我的网名叫"暗夜流星",在QQ上看到一个新的好友叫"惟爱流星",不由失笑,真是巧啊,怎么会有这样一个名字的网友?是个漂亮的女子头像,也不知是什么时候加的。那天我出门买了点东西回家,又坐在电脑前,看到那个"惟爱流星"的头像在线,我有点好奇就忍不住和她打招呼:"你好!你是谁?是我朋友吗?"可是人家并不理我。

女儿做好了作业,又来挨在我身边,找了话题和我说:"刚才我的QQ号全挂在线上了,喏。"她胖胖的手指在屏上不停地转动,我看她点下去:飞雪漫天、飞翔的梦想、宝石的泪、惟爱流星……哈哈!我大笑:"原来是你!"

她也大笑:"除了我,谁还会这么爱你!"

其实还是蛮感动的。我与她的母女之缘实在是结得很辛苦,从怀孕开始就保胎,出生时因产伤差点出人命,以及后来生病,各种压力。但更多的是成长的喜悦,也是她让我从一个娇滴滴的小女人成长为懂得退让、懂得隐忍、懂得与生活讲和的成熟女子,因为有了她,记忆变得充裕而丰盈,有些是很小的事却让我记得并回首微笑。

我们菱湖老家的园子里有几株水杉树,女儿两三岁时我与她最喜欢的游戏之一就是在树与树之间系上吊床,两个人睡在一个吊床上玩。我睡在吊床上,小家伙睡在我的肚皮上,毛茸茸的头正好抵在我的下巴上,痒兮兮地让人发笑。天空是水杉枝叶漏下来的光斑,一块块亮晶晶的闪光,时光摇摇晃晃,心里的闲适无边无际。

　　小家伙在唱她总编不完的歌,声音像一杯香喷喷的酒,连空气也香喷喷的,我的脸在一块块阳光之间晃动,动个不停的吊床让人昏昏欲睡。女儿忽然停住了唱歌,极其认真地对我说:"妈妈,我们真是幸福啊!"是的,真是幸福。从那时我对幸福重新认识,一直到如今。

四 冬

曾经年轻的码头覆盖了冰雪,

纵然伤痛如长河,

也慢慢会静默下来的吧?

时间无所不能。

在低处飞翔

生活在尘俗之中,便也心安理得地享受俗世的美丽。年轻时不喜首饰,爱穿素衣,连神色也是清淡的,现在想来太过心性高傲,难免有点小家子气了,此时低头看打字的手腕,叮叮当当是玉的细响,配着窗外风过竹林的呜咽,更觉得细碎清脆,真个好听。平时与女友开玩笑自嘲道:"如今我的家当全在身上,也不知挑着戴,俗气得像个落魄的珠宝商人。"她们听了也拍手大笑:"彼此彼此,都是什么也舍不得放下的女人呢!"

什么都舍不得放下。人到中年,说起来好像都淡了,但是仍然不知什么是可以放得下的。

阴历二十九,穿过湖城零下七摄氏度的低温,约朋友喝茶,我一向孤陋寡闻,其实在座的那些诗人、学者和画家大部分并不认识,就傻傻地坐着,听他人高谈阔论。

空调很热,人很多,一桌小吃,才子才女。

正好谈佛说道，不料酒精发作，定力欠缺，便也扭头与相熟些的人胡诌起来。

我说："现在在文化人中间，太流行佛学了，这是一种低调的时髦，在这样的场合说说笑笑，说到的佛与道，离佛的净与道的静本身就太远了。"

我又说："佛教是悲悯与慈爱的，是通过牺牲小我，来拯救与关照整个世界，所以是宏观与积极的，就像电影镜头，先从宏大的场面开始，再慢慢推进到某个个体。而道教是强调独善其身，强调清静无为，是通过个人自身养性再来影响世界，就像微距镜头慢慢拉开，所以学道之人更为潇洒，他不用太多的担负。"

他们又说到聪明与智慧，我说："聪明是天生的，而智慧却需要后天熏习。"

左边的人笑嘻嘻地对我说："智慧也是天生的，不然怎么有慧根之说？"

我呆住了，我的侃侃而谈也到此为止。其实我自己这样满口胡诌，妄言妄评，离佛离道又岂止是天堑？不过随心随意，也好像并无不妥。

年三十下午，我发现家里二楼阳台上的水龙头被冻坏了，哗哗

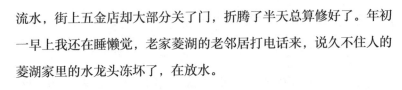

流水，街上五金店却大部分关了门，折腾了半天总算修好了。年初一早上我还在睡懒觉，老家菱湖的老邻居打电话来，说久不住人的菱湖家里的水龙头冻坏了，在放水。

我心急火燎地打车赶过去，路上不时听到爆竹零落的响声，窗外景色萧瑟，杨柳暗蕴绿色，桑田枝条柔和，一路上和司机闲说桑麻。

路过一个半干的鱼塘时，看到白鹭翔集，觅食起舞，觉得惊奇这是零下七八摄氏度的气温吗？都说鹭是候鸟，不迁徙度不过严酷的寒冬，但是经历了那样的冬夜之后，它们仍然那么生机无限，甚至有着一种喜悦，生命力是多么强大啊！

人也一样，只要坚持，谁又能肯定眼前的困境是不可逾越的？只要我们面对，一切均会过去，不是吗？

到家时果然阳台上哗啦啦一片，本想只是关了水表总闸，但是关不住，找到街上，终于有一家五金店开着门，这样的日子本没有生意，四五个人坐着打牌，笑得开心。店老板六十多岁，圆圆脸，像喜剧演员一样的可爱。买了水龙头后我踌躇不去，迟疑问店老板："这儿附近，有人会换水龙头的吗？"

他笑道："我会的。"

我说："我不会，你帮忙换一下可以吗？"

水龙头是二十块钱的小生意，他那么大年纪，又是年初一，我

四　冬
Dong

有点不好意思，又补充说："我当然另外再给钱的。"

他问："你家在哪儿？"我说："这么小的镇，能多远呢。"

他果然跟我走了，路上两个人聊天，说到旧时的街巷，老的人，有些个居然都认识，而且好像真的只几步就到了家，这是小镇的好处。

水龙头锈了，果然有点难换，搞了半天，衣服都脏了，给他钱，却只肯收水龙头的钱，其他的坚持不收，说替人换龙头是从不收钱的。这也是一种原则，朴素平凡的人更让我心生敬佩。

这些天来，我忙于女儿十六岁的生日宴，订酒店，请朋友，订蛋糕，配礼品，买烟与酒，烟花，替小寿星购衣，甚至于安排到老家的祭祀，一切从俗，很累。

女儿乖巧懂事，一次次说："妈，衣服什么的不用太好，没关系的。"但我又怎么肯马虎？

终于安排得差不多了，松了一口气，静静等待这美丽的日子到来。

新的一年开始了，一天一天来临的，就是这样琐屑平凡的生活，却又蕴藏着许多第一次，许多新鲜的喜悦，许多期待，当然我知道，也会有许多麻烦。

尘世里的生活，风花雪月有之，下里巴人亦有之；琴棋书画有之，柴米油盐亦有之。相对来说，柴米油盐更重要。我自然知道，我也知道自己是普通人，就应当像一个普通人那样生活，一个个日子就像一件件布衣，妥帖而温暖，自然也可以在某件衣襟上绣花，甚至在某个喜庆的日子，穿上漂亮的丝绸。就像在低处飞翔的鸟儿，虽然飞不高，也一样可以飞得潇洒而轻盈。

四 冬 Dong

我所能想到的风雅的事

连续三天的大雪,老天给予的远远地超过了我所祈望的,树上积了太多的雪,地上很多断下来的树枝。

很多美好的东西,太多了也往往使人不堪承受,比如雪,比如关怀与爱。早上上班,办公室里的空调嗡嗡响着,几个同事各自做着活儿,雪在窗外,我静静地想了想雪天的好处,想一想怎样消受这无边美色,这些想到的事,有已经做了的,也有只是想想的。

古寺寻梅

踏雪寻梅,穿猩红毡呢斗篷才叫好看,可是我没有,于是穿红色羽绒大衣,围粉红羊毛大围巾。

离湖州四五里路的山上,有古寺梅花观,寺内有一树古梅,也不知是唐梅宋梅,花色洁白,花蕊淡绿,枝干斜欹,梅花疏落,却朵朵别有精神,让人见之忘俗。此寺古怪,在国内外也绝无仅有:

有僧有道,有尼众也有比丘,有道士也有坤道,仿佛只是一个俗世里温暖的家,家里全是兄弟姐妹。这样的兼容并包,这样的无色无惑,这样的清静无垢,让我尘世里的人心向往之。

古梅观依山而建,长长的艳红门墙,另一处建筑是晃眼的明黄,门前古木参天,修竹重重,全衬在厚厚的雪中。蜡梅开后,红梅、白梅、绿萼梅相继开放,花朵照亮清寂之地,让人想起尘世的繁华。

几年前大雪后,我也来过这儿,在梅林看到剪了一地的含苞梅枝,一枝枝已近枯萎,心痛不已,恨出家人下手无情,可是又想到究竟什么是有缘,什么是无缘?什么是有情,什么又是无情?不觉就呆了,呆想了半天,才挑了几枝绿萼梅与白梅抱着,信步上了石阶,山上还有个师父在剪枝,我就在边上呆看。

师父仿佛知道我心中怨怼,也不看我一眼,就缓缓开了口,告诉我只有剪了枝,梅树才能长得好。或许这就叫"成就",是舍之后的成就,他淡淡看我一眼道:"喜欢哪一枝,告诉我,剪下来送给你罢。"我沉思着,一棵梅树尚且修剪方能完美,那么人呢,人的修行是不是也需要找位名师依止,方能圆满。万事万物,原来都具备它的领悟和觉悟。

我犹豫着不说,他剪下很大一枝造型优美的浅红梅花,递给我,然后我就抱着梅花回了家。

那年我借住在一个很小很破的旧房子里,因为屋子里开了满满的梅花，因此度过了一个美丽的冬天。

开坛贮雪

雪刚开始下，我就洗净了一个黄坛子，准备用来贮藏雪水，在菱湖的时候，每当下雪，我都会贮藏雪水，在夏季里煮了泡菊花茶喝。

《红楼梦》里的妙玉在下雪的时候，曾贮过梅花上的雪泡茶，此举固然风雅，但今天梅花尚未开放，加上梅枝上未免有尘土，所以另择佳处，停在外面的汽车上，有厚厚的积雪。

大雪纷飞时，我就跑出门去铲雪，因为天一放晴，积雪上就会有微尘。

手持一锅铲、一小桶，将上面积雪轻轻铲入桶内，头顶上雪在飞舞，沾到脸上又凉又甜，四处万籁俱寂，唯有鸟声一片，如在深谷之中。一点一点的雪在坛内压实，然后封好坛口，明年就会得到半坛雪水，过滤了便可沏茶，也不知哪个有缘人会与我共饮，姑且待之。

雪泥鸿爪

下雪时我最投入的事就是拍照，人生虽如过眼云烟，但微痕犹在，是何等幽婉的境界！早上上班，一一寻过去，有限的几双旅游鞋，这几天全让我踩得湿淋淋的，只好穿了女儿的鞋子。

雪中的菰城，城外的江南乡村，有一种不可言述的玄妙味道，路边的老房子、树林、河流、桥，全沾了仙气，美到极致，美到有了一种逼人的气势，让我心驰神往，一路只知惊呼而不知怎样赞美。

有时候美景就像人，天生丽质，无瑕无疵，浓妆淡抹，皆是好看，我看这雪景也是，横也好竖也罢，看上去浑然天成，让人心生爱慕而不可抗拒，也顾不得脚下的沟渠田畈，顾不得鞋里已经灌满了冰冷的雪水，顾不得心爱的相机在飞雪中会受潮，只是一味乱拍。

拍照更如做人，天然美景就无须太多踌躇，直心是道即可，而有些景色弃之可惜，拍了却又无从整理，也如有些人与事。

过太湖山庄到长兴的路上，在雪地里巧遇三位小师父，先在路边遇到一个，与他商量请他在雪地里走一走，好让我拍几张照，他不理不睬，只当我不存在，讨个没趣，只好闪人。

回程又走过附近，见风雪中两把伞远远而来，明黄的僧袍在飞雪中缥缈空灵，煞是好看，我和朋友就对准他们拍个不停，小师父用伞挡住脸，其中一个喃喃央求道："我们是小和尚，不要拍我们嘛！"稚嫩的声音有些无奈。错身而过时，我笑道："转过来拍一个吧，长得这么庄严，为什么不让我们拍？！"

缘分到了,这张照片定格在这里!

剖雪饲鸟

天寒地冻,我们在温暖的屋子里品茶和聊天。外面越是冷,屋里越是让人感到春深如海,屋内的人越是亲近。

鸟儿在窗外一群群飞过,边飞边叫,是不是也在寻找它们的亲人?天那么冷,薄薄的羽毛,能否挡住无边的风雪?满地积雪,它们今天的午饭在那儿?心里突然就有点发沉。

我一直在盼下雪,但在大雪中看到鸟群,便心有愧疚,仿佛这雪真的是我招来的。在我家汽车库外有片干净无雪的地方,我让女儿放上一些粮食在外面。我知道这是杯水车薪,但这是我的期望:让我们一起度过寒冷的冬天,一起在春天里吟唱;让我们一起坚持生命的过程;让我在仰望天空时与你相逢。

围炉品茶

窗外的雪越积越深,天地间仿佛小到了只有一户人家,家人平时纵然有小小的不满,都会变成熟稔的亲切,心与心是这样的近。桌边的水仙开得正好,绿色植物全移到了室内。小小的炭炉,炉上是一壶红茶。茶香氤氲,茶色晶红,又是那款大红袍。

四 冬 Dong

老人与孩子的茶中兑入了蜂蜜，甜甜的有春暖花开的味道。而我用的是十几年前宜兴朋友送的紫砂茶壶，只盈一握的小壶造型别致，触手细腻，壶身上只一枝斜梅，握在手心，暖意入心。窗外雪仍在飞。

无论朋友走得多远，有时候只一件经年旧物，便会让往事鲜活。

有一句没一句的闲话，说的全是有些年头的话题，谁谁小时候的乖巧顽皮，谁谁年轻时能干漂亮，还有些笑话与糗事当作调料。如果不是雪，一家人有多久没在一起这样聊过天了？纷繁世间，人情如霜，我们在外面呼朋唤友，只有在受伤时才会想到家，回到家，今天，雪让我们回家。

雪夜赌酒

"绿蚁新焙酒，红泥小火炉。晚来天欲雪，能饮一杯无。"何止是天欲雪，晚来新雪如堵啊！酒是雪夜必不可少的可心物，如添香的红袖对于读书人一样重要。

邀上五六好友，朋友无论男女，但须是豪气干云、肝胆相照的，也须有些酒量，也不扭捏，说到逸兴横飞处，不管已经喝到了七分九分还是十二分，仍是杯杯见底。

酒，最好是家酿，没有太多的酒精，入口温和，酒色微绿，有

我渴望
那风那山
那海洋

Wo Kewang Nafeng
Nashan Nahaiyang

小小的糯米细粒雪花点一样泛在上面。不过没有现成的家酿，黄酒也成。我用五年陈的绍兴花雕，用冰糖与黑枣浸在大玻璃樽里，想必已经香透。家里也有现成的红酒、白酒与清酒，但雪夜饷友的酒应当是可以用小炉小壶温着的，暖暖的才不会伤了胃。举杯细看，浊浊的色，挂在杯子边上稠稠的，握在手中的杯子也是暖的。

菜是煲与火锅，新鲜的蔬菜，配上肥厚的牛羊肉，金黄色的本鸡，各式菌菇、海鲜，诸如此类，全要腾腾地冒着热气。空调要开得很足，脸上要红红的，餐桌上要有花桌布，椅子上要有绒垫。

酒的度数不高，喝着又香又甜，多一口多一杯的自然难说，无论什么好酒量，喝个微醺是在所难免的，不然也不尽兴。

喝多了，笑的笑，感慨的感慨，唱的唱，已经是多年的朋友，彼此相知，所以怎样张狂也无妨，如果这个时候还有人想要到外面踩踩雪，那么走吧。

四 冬 Dong

第一场雪是一场了无痕迹的爱恋

　　打着暖和的空调，车开在寂静的高速上，路上没有什么车，雪下得很密很细，从听到车窗外砂雪粗糙的击打声到看到飞雪漫天，只在短短的时间内。喜悦一下子涨满了心中，我像孩子一样嚷嚷：下雪了！下雪了！

　　这是今年的第一场雪。雪最宜在淡黄的路灯下看，孤寂的暗夜，飞翔的雪花像围绕着路灯飞舞的白色蛾子，乱纷纷又秩序井然，飞啊飞啊无穷无尽，世界只剩下昏黄中窄窄的一幅，而我一个人伫立在这样的灯下仰头看天，雪花纷纷在我冰冷的脸颊敛翅，猝然消融成水，这样的时候，我觉得自己就像一株植物，会随时开出花朵来。

　　如果可以，我愿意像梅花，做从不读"寂寞开无主"那样的诗句的梅花。在雪中开放并且凋谢，不用再看到春天的繁花和柳荫下的朱门，不用再回首眺望如锦阡陌上手执芍药相送的少年，谁又会揣一壶温酒，携着书童，背着诗囊与古琴，踏雪寻梅而来？如果说去年的雪灾是一场雪的盛宴也许太缺心少肺，但初下雪时，我心中的惊叹与喜悦却仍然记得,那样绝俗的美丽,清晨的空明,夜晚在家中看窗外一片飞雪的内心温暖,都历历如画,在记忆里暗香浮动。

还记得那些折断了的枝丫,在冰雪下依然盛放,却被冻在冰晶里的花瓣。还有掉落的蜡梅在雪上融成一个个金黄色的小窝,它躲藏于此,在雪面上只留一点点半透明的花瓣,而金黄色的颜色与淡雅的香味,慢慢地融在了雪里,晕成一片,像相知的人之间的懂得,也因为这样的懂得,雪不再输梅一段香,我相信蜡梅是内心温暖的花朵。

今年的第一场雪,只在半夜如昙花匆忙一闪,大部分人只是在清晨看到地上和汽车车窗上的残雪,而我就是那个有缘人,看到了它开放的过程,看它从砂雪到大雪,看到它们在草皮和屋顶上积攒起来,看到我的目光所及之处慢慢成为一个银装素裹的世界,看它飘然而谢,像一场了无痕迹的爱恋和一阵随风吹散的花香。

四 冬 Dong

雪在这个城市歌唱

只是轻轻一个颤音,所有逝去的、忘却的,都在歌声中沉渣泛起,漫天飞扬。

纯洁的往事,在记忆中是无边无际的漫天飞雪,即使最热烈的雪仍是清冷的,它们在我的回想里只是一页页急剧坠落的小白蛾翅膀,一片片微有寒意的飘落梨花,它们芬芳地围绕,像缥缈的声音,有一点点感伤,有一点点惆怅。

在今年这个多事又浓郁的初夏,我想起最冷的季节里的雪,仿佛是一场狂喜,又像是一份不顾一切的爱情,天空不知节制,不想回头,也等不及融化,它倾尽心血地下着一场又一场的雪,多到终于成了灾。

雪在这个城市歌唱,谁会倾听?谁拥有一片漠漠的回忆,又是谁静静守在另一端?

也许，我就是静静守在这另一端的人。雪让我疼痛，也让我喜悦，这是一种淡至无痕的喜悦与忧伤，它们的淡是因为它们埋得太深。我还记得自己曾抱着相机在雪地里奔跑，远处的山如同大张宣纸上的淡彩与水墨线条，身边的树木房屋却晶莹得如同琼楼玉宇的仙境，风雪漫漫中，雪濡湿头发，慢慢地在脸颊滑落，远方路途茫茫，仿佛没有尽头。

雪深至膝盖，灌满雪水的鞋子又冷又沉，眼睛在漫天雪花中难以睁开，但是这个时候我是自由和快乐的，觉得自己是雪中唯一幸福的人，我永远不会想到美丽的雪，它有一天也会成为灾难。

再走一段风雪的路吧，再尝一尝苦涩沉淀的甜蜜。我不知在我的人生中，还会有多少风雪，有多少风雪中的路？会遇到谁？风雪中还能不能找回我自己？

有雪的凌晨亮得很早，再过些日子，是春天。而春天的时候，天刚亮就会有小鸟在枕边鸣叫，趁着天没有完全亮，我还会甜蜜地小睡一会儿再起床。

在我睡眠的时间里，花儿们在开放。早上，刚刚绽开的花瓣上蕴藏着剔透的露珠。我喜欢花朵，尤其是白色的花朵，那些露珠沾了花蜜花粉，跳着白雪的舞蹈。

四 冬

今年我还特别关注过那些柳絮,它们漫天飞翔的时候,真像是一场阳光里的雪啊!它们接近水面又轻盈转身,一直往上往上,衬着蓝天,是透明的绒毛,是没有心事的精灵。

有时候在人群中,我真的会丢失自己,我是那样渺小,所以,我会静静听着那样美丽的歌,寻找自己。

雪在这个城市里歌唱,相信你一定看得见,落在满世界的边缘。

你静静守在另一端,我那漠漠的回忆,就是唯一的行李。

再走一段风雪的路吧,再尝一尝苦涩沉淀的甜蜜。

夜慢慢散去,感情还在沉积。

在涌动的人群里,我又找到自己。

笑容里的泪光,融化在天际。

当阳光透过眼眶,你依然清晰。

——电影《雪城》的插曲《听雪》

我渴望那风那山那海洋

他们曾经怎样爱过

整理父亲旧物件的时候发现了一大沓诗稿及画稿,是父亲一个自号"拙叟"的朋友的。那个人我见过一回,长相清瘦,坐在我家竹椅上,和父亲聊天,我路过时父亲介绍给我,我打个招呼就跑了,那时我太年轻,水晶一样透明的年纪,看不得混浊世俗的大人们,如今想起来他们之间诗书唱酬,是何等的清雅与浪漫,让人心向往之。

还记得父亲曾经让他给我刻过两方印,一方是我的名字,那时我正好迷恋李清照,也模仿了要刻一方号为"龙溪居士",父亲告诉我居士是佛家弟子,这么花骨朵一样的年纪,就叫"女史"?我不依。谁又曾想,我终究会有了居士的心境。

父亲晚年与他断了音讯,记挂他时叹道:不知他还在人世否?我这才知道,他本是杭州人,在一个文化单位工作,因故下放到一个村里,做了几十年会计,从青春正好到白发老人,终生未娶,最后落实了政策回杭时,已经是一肩风霜,垂垂老矣。

我曾妄然对父亲说他:"这么一个知识分子,几十年在乡下,形单影只,甚是可怜。" 我又说:"像他这样满腹诗书的人,自然看不上乡村粗俗女子,而他一个手不能提肩不能挑的外乡人,谁又肯嫁他?"

我还说:"他回到杭州去,其实不如在乡村,倒还有些村邻旧友,这么老了,又没什么亲人朋友,回去岂不是更孤单?"

父亲沉默不语,只是轻轻叹息。

他们那一代人的世界,对于我来说,真正是另一个世界,隔那样多的时间与世事,隔了性别的界河,让我觉得很神秘。打开已经有了岁月风尘的宣纸,像打开一个远去的寂寞灵魂。纸上大部分是诗词,婉约、端正、凄苦、韵律悠然,多为蝇头小楷。比如这一首《庆春泽》:

月冷云愁,风凄露重,罗衣不耐春空。寂寞小楼,卷帘人倚阑干。柳荫不减枫林黑,触离怀肠断关山。梦难圆,愁绪难遣,恨海难填。

阑珊旧事瘦蜂蝶,怅今生望断,再老缘悭。镜里孤鸾,容颜憔悴谁怜?痴心空自种红豆,只剩余,万叠悲酸。默无言,留得相思,永作秋纨。

这样的词,看来心中如琉璃落地,碎片掠起,哗啦啦一片全是

四 冬

隐然的疼痛。这个我不太认识的人,他的一生中,曾经有多少不为人知的故事?爱过谁?是怎样的分离?又是怎样的感情,让他孤单一生,至老未能忘怀?而被他深深怀念几十年的那个女子,又是怎样一个人?她知道在这凄风苦雨的生命长途中,自己像化石一样,一直沉淀在另一个人心中吗?她幸福吗?在她心里是否也有着那些年少时的阳光?那些笑与回眸,心底漫漫的温情?

留得相思,永作秋纨。

他的画多为兰、竹、梅,独坐的高士,画得秀气,并不潇洒,但是温润文静,仿佛有隐然的香气,典型的江南男人的做派。有时与朋友说起,人是彻底孤独的,所有的感觉,所有的爱与伤害,那些痛与欢喜的体验,其实只有自己能够真正知道,我们希望人与人的相遇相知,像河流与海洋的相遇,在刹那间涌入心怀,其实大海与河流之间,总是有泾渭分明的界限。

爱只是一个人的事。这样说未免悲观,但是在人生的路途上,也许最后只有当事人才能记得当年自己曾怎样爱过,但是只要爱过,这一生就不会是空白。

我渴望
那风那山
那海洋

Wo Kewang Nafeng
Nashan Nahaiyang

不试怎么能够知道

那一天,我、红和几个朋友在一起喝茶。夜色里不知名的曲子细细柔柔地传来,杯中的碧螺春有一种浓香,一直沁到我们的心里去,这个时候,真的似乎很适宜谈到情感。

红问我:"如果有一段感情,你为对方付出了百分之一百的情,而对方付出的只有百分之五十,该怎么办?"

那位"付出了百分之五十"的老兄,坐在对面,端了茶正要喝,听到这句话,从热气里抬起头来,看住了红,摇头苦笑。

我知他们已有二十年的感情,却是世事阻隔,难成眷属,其间阴错阳差,曲折离奇,让人扼腕叹息,不说也罢!而今天坐在一起喝茶的人,蹉跎了岁月,虚掷了年华,如今人到中年,在生活中早已回头是岸,却仍然提了这样幼稚与古老的问题。

我回头看红,也笑。这样的问题,是不是不回答更好一些?

我比红年长两岁,二十年来,她已习惯向我倾诉,即使今天她

四 冬

管理着两个不小的工厂，精明干练，远胜于我。她追问："你说呢？"

我迟疑着说："大概有两种方法吧。一是收回你的情感百分之三十到五十，与他基本对等，因为如果你付出太多，必然引起失衡，你觉得付出的没有得到回报，心里的失落会越积越多，而他对于你的纠缠不清，对于你的无理取闹，会渐渐感到不胜其烦，所以你要学会退一步，学会等。二是不要去想自己已经付出了多少，不要因为付出而索取回报，对于你来说，爱不爱不在于他，而在于你自己。爱只是一种感觉，只要你爱着，就能领略得到它的丰富与美好，是不是？"

红微笑。聪明如她，怎会不知，这样的问题，是没有答案的，她只不过借一个问题，婉转地提醒对面那位。她轻轻地反问我："这样的方法，如果是你，做得到吗？"

我心中顿时如铅坠般沉重。这样理性的方法，这样感性的我，怎能做到？这也不过是骗己骗人的一种说法而已吧！我所思念的那一个人，他是否了解我的落寞苦涩？是否看得见在欢笑的人群之中，我突然黯淡下来的面容？是否知道在无涯长夜里，我捧着一本《纳兰词》于灯下，守候电话的心酸？我当然不说。我只是想，在灯红酒绿、杯盏交错之间，在笙歌处处、衣香鬓影之中，在一个个繁华的夜晚之后，那些终究寂静下来的片断里，他，是不是会想念我？

我于是对红这么说:"你不试,怎么能够知道不可以?"这句话对我也适用,不是吗?

有什么可以锁得住灵魂的光芒?爱是女人的宿命,也是整个人类的命运。所以,爱我并被我所爱的男人,其实我也是借这篇短短的文章,婉转地告诉你,希望你试着珍惜我、爱我,给我更多的时间与空间与你同在。人生如此短暂,相爱的时间这样的少,不要等到你白发苍苍时,独自一人在黄昏荒凉的湖边,再一遍一遍地回想我的好。

不要在人生的盛宴阑珊时,你才痛悔:辜负了一生中最真最深的情。

四 冬 Dong

竹子开花

当飞机越过云层,你是否看见机翼下闪闪发光的海洋,只是薄薄的一层?广袤无边的原野,一匹汗血宝马走上半生的路途,在阳光下只是一闪而逝?吴越山水,梦里家园,更是轻微得如同一瓣落花?

那么,迅捷得如同朝露的生命,生命中花朵一样脆弱又易碎的爱情,我与你为之微笑与哭泣过的一切,是不是真的那样重要呢?我们像蚂蚁一样行走在大地上,一片落叶就可以覆盖我们的一生,太阳下是永恒的天地、永恒的山川、永恒的河流,只有你我的身体是向永恒暂且借来的,依附在此的生命与爱情,你我的相知相许,只是无涯时光里的微光一闪。

它真的值得我那样珍惜吗?我是不是可以放开怀抱,松开手,浅笑着看你一寸一寸地远去?

如果我是你不堪重负的原因,那么我愿意:

我渴望那风那山那海洋

我愿意退回到天地混沌之初；我愿意是那尾说出"相忘于江湖"的鱼；我愿意在记忆里将你永远地抹去；我愿意在今生与来世不再见你，不再想念你，不再牵涉与你相关的一切。满怀的柔情，如今只不过是淡淡的晨雾，只是风轻轻一吹，或者阳光软软一照，它就散了。

我要离开你。永远，从此！在细雨如丝的长夜，不再会有人为你在灯下沉吟；当你酒醉归晚，不再会有人为你悄悄流泪；在你心绪沉郁的夜间，不再会有人默默倾听，不再会有人愿为你尝尽天下的苦，也不再会有人为你一个温暖的眼神而快乐。

善待自己，珍惜自己。有朋友这么劝导过我，她看到了我眉宇间藏不住的忧郁。可是有谁能真正知道在整个过程中我所受的伤害？仿佛是失去了珍珠的珠贝，我沉入人海最深处，紧闭嘴唇，没有谁看得见我的伤痕，也没有谁知道我在想什么，连我自己也不知道我还会不会打开我脆弱而坚硬的壳。我只是想要一个小小的角落，寂静安宁，能让我默默地舔舐我心中的伤，等候那痛楚渐渐变淡变钝。

竹子开花，你见过吗？当竹子开过花后，就结下细细的竹实，传说那是凤凰的食物，开过花的竹子，它们唯一的命运就是死亡。你可以想象无边的竹海大片大片枯萎的样子，青青翠绿，转眼在雾中变黄，风中一片细碎的呜咽。

我心中的竹园，它已开过花了。

四 冬 Dong

我心如玉

突然降温到零下六摄氏度，冬天的洁净与明澈终于来临，空气清冽如冰，云彩美如画卷，不再是那样没有原则的暖意与暧昧。很多地方结了冰，汽车上的夜雾凝结，像镶嵌了琉璃，地上硬硬的，水洼白白的，踩上去感觉很爽朗，我喜欢这样的天。

更让我动心的是光的散漫柔和，如羞怯女子的眼波，只要低微一闪，仿佛连光线也是曲折和有点弧度的，欲语已羞的样子，要是拍摄照片，肯定是好的。可惜没有时间出去，年底了，连中午也安排了工作。

办公室开着空调，隔着一层窗看远处的街道，行人匆忙，看上去很冷。走路时脚下咔咔响，有冰的声音。

在网上看了许多冰雪的照片和图画，冰雪的美丽让人心旌动摇，像玉一样，只是玉是不会融化的，玉经历了太多的岁月，种种际遇，玉不说，我们不知道。冰比玉好的地方就是冰会融化，一夜之间凝结成冰霜，美丽晶莹，坚硬冷漠，要是靠近它就会受伤，但是只要有阳光,有温度,冰还是会融化成脉脉温情的水,往日不复记忆。冰做的女人,总有一天会还原成水。水做的女人,就是春天的母亲。

谦谦君子,温润如玉,也许玉更像女人。我这样说的时候好像我佩戴的和田玉在隐隐约约地移动。玉是有灵魂的,会变化的,能与佩戴它的那个人心意相通。所以,我看玉会看痴,阅美玉无数,爱的也不过一二,玉是唯一的,与佩玉的那个人须得有缘分,强不得。这是另一种女人,温柔隐忍却执拗不变,可以在一个人身边变得越来越莹润光洁,也会变得黯淡无光,不是因为爱,而是因为命定的际遇。

玉是有瑕疵的,小的瑕疵可以通过雕琢去除,但是质地的优劣却无从改变,最令人难过的是上好籽料,被劣等雕工糟蹋,看到时真让人扼腕长叹,如那些在风尘世间苦苦挣扎后终于放弃的好女子。

有一次,我看到一个卖玉石的新疆人,用一块玉石砸另一块,用以现场说明玉石是多么坚不可摧。懂了玉之后我才知道,和田玉虽然硬度极高,在玻璃上也可以划出痕迹,但还是怕被冷落,更怕受惊,闲置堆放和落地都会伤了玉。这真的像极女人啊,无论看上去何等坚强,其实内心是经不起哪怕一个无意的眼神的伤害的。

跟了懂行的小姐妹到行家那儿玩,老先生吃这行饭几十年,手中有不少古玉,还能用古法雕刻,手上的活儿很是古朴雅致。他给

四 冬

我看拇指大小的一个童子，背着手，另一只手中拈着一朵开放的荷花，问我看到了什么？我说："真是好玉呀，从玉质到雕工全是上选啊。"他说，这是残件，原件是和合二仙，从中间断开了，少了一只手，他就雕了一只放在背后的手，成了一个荷花童子，不是内行是看不出破绽来的。如果荷花断了，也可以改成箫啊什么的，但如果童子的头掉下了，就真的无法为它做什么了。

我心中微起波澜。生活何尝不是如此？但愿我们能够将内心保存得完整一些、更完整一些，即使伤到了碎裂，还是希望最后能够成为拈花微笑的童子。有玉一样温润内心的女人，也是好的，有石的坚硬，长久不变，并且因为岁月的磨砺而越来越美好。

冬天散漫的阳光

元月三日，妙山村。冬天散漫的阳光，从云层后沁出来，一根一根的光柱，每一根都有迹可循，仿佛可以拉到手中绕成一团，阳光照到的地方像盖了一匹软软的乔其纱，带着一点点淡淡的寒意，还有一点点毛茸茸的反光，不远处的霞幕山沐浴在这样的光线里，望过去是神秘的浅蓝。园子前是一泓山泉，溪水缓缓地流过，沟底的鹅卵石清晰可见，沟边的水草像丝萝一样半浸在清水中，石级上垫着半个磨盘，溪对面是一片密匝匝的荒林，林边是无边的竹海。

还没到做饭的时候，我在园子里的菜畦里拔萝卜，挨个儿在叶子下寻着大个儿萝卜，东张西望，就像寻找调皮的小孩子。冰得硬硬的萝卜叶子挨挨挤挤，如母亲的棉被竭力盖住萝卜；小小的，还没有长足的萝卜却不怕冷，顽皮地从泥土里探出身来，我选中后轻轻一拔，红红白白的小家伙就带着一点泥土躺在我的竹篮里笑。

朋友叶子在菜畦边挑荠菜，明黄的衣服，红色的帽子，顺直的短发半盖在秀气的眉眼间。篮子里暗绿浅褐的荠菜渐渐地满了起来，

有些开着米粒一样细小的白花,这样的场景让人想起最朴素的诗句:"春到村头荠菜花。"

另一个朋友斯斯手中拎着一支没有子弹的猎枪,像大孩子一样东瞄瞄西瞄瞄,咋咋呼呼。对面荒林里飞过一群有长长尾巴的彩色鸟儿,一点不惊慌,平稳安静,如仙子一样翩翩而去。

天太冷,厨房里的自来水管冻住有数天了,所以吃的用的全是山涧,洗东西也得一趟趟往小涧边跑,水很冷,手指冻得通红。

抱了萝卜往回走,推开家门又是另一个天地,屋子中间是一只带着烟道的大铁炉,炉火烧得正旺,红红的火焰带一点轻烟,将屋子里烧得暖融融的,炉子上放着水壶,已经开了,桌子上的瓷碗里沏着热茶,山里人正将一截松木用锯子锯开,屋子里有淡淡的松香。

我在厨房朝南的窗口切萝卜丝、山药片、菜和咸肉,切好了包春卷。慢慢切着菜,思绪飘浮,仿佛这是前世生活的一个小小片段。阳光软软地照着砧板上的新鲜菜蔬与我的手指,一刀刀的声音如鼓点一样。灶膛里正在烧毛竹梢,烧得像鞭炮一样噼噼啪啪地脆响着,充满了喜庆的味道。灶前添火的人脸色红红的,不一会儿,菜饭的香味就满屋乱窜。

谁在田里耕作,望着炊烟荷锄而归?心满意足地喝着家酿的葡萄酒,粉红色的半透明汁液是秋天的暖阳,一喝就有细细的热流直入胸腹。几个人讨论了一下,唯一的不足是窗外没有飞舞的雪花,

四 冬

不过太完美也不见得好,下雪时我们也可以再来。

酒足饭饱,各人提了自家的相机出门,一路往霞幕山上走,顺手乱拍。路上风景倒也没有什么特别出奇之处,只是清幽。

路上有古朴的老桥和老树,带着岁月的痕迹欲语又止。散落山脚边的民居简直就是世外桃源,山民纯朴快乐。每每我们举起相机,他们总会报之以微笑,有的会整理一下自己的衣服,摆个自认为好看的姿势,男人就和我们开玩笑,而年轻些的女子往往会含羞而逃,一男一女两个十来岁的孩子跟着我们进山,并且跟我们回来,路上狗吠此伏彼起,在山谷间应声而响,更显得山中幽静。

霞幕山人迹稀少处有一个湖,洁净的蓝,连看湖人的房子映在水里也是被洗过了那样的白,我们几个沿着湖边的小路往里面走,新长成的小竹和荆条长满了小路,人走过时沙沙响。正是枯水期,湖底露出一小片泥地,上面长满了青苔和小草,湖底的泥踩上去软绵绵的。湖的对面是朦胧的天光,照在环湖的青山上,说不出的幽深寂静。

回来时已经不早,想抄近路却迷了归路,回家时发现钥匙居然丢了,找了半天,最后用梯子从楼窗上翻进屋。我一直向往田园生活,却只能为了生计在城市之间而奔走,这样短暂的一天,和朋友在乡间,也算是暂时圆一下自己的乡村梦。

世界也不过只是一片雪

洁白而缥缈，漫天飞扬，就像没有征兆，无法预知的相逢。世界开始变得美好，瞬间的变幻，快得让人难以相信，当我们在漫天飞雪中仰起头来，在脸上停留的雪，冰凉而甜蜜，刹那间消于无形，而睫毛之外，一片纷纷扬扬。这是有缘，还是无常？在这弥漫的无边花朵之中，邂逅哪一朵？

只是邂逅，却像相约，往日熟透的场景变得新鲜：秋风芦苇，明月衰草，曾经的沧海与蝴蝶，破旧的原野和淡淡的忧愁，木叶飘零，通往乡村小路弯曲的去向，还有什么不能在这白雪中朦胧飞翔？

世界也不过只是一片稍纵即逝的雪，如席而卷，如花之绽，亦如我的心，向无边处飘扬。把握在手中的，刹那，便是全部。已经放开手的，谓缘灭，即是幻境。

之前也与朋友约了拍雪，却不能如愿，妹妹来接我时，正好能扔下手上的一切，偷得这浮生片刻的空闲，所以这一刻的飞雪，这一刻在身边的朋友，便是全部与永远。

四 冬

世上许多人与事,遇上或者离开,全是由不得人的,所以我们只能静默面对,有这一刻的欢喜,便是留住了真欢喜。前些时候女儿从外面回来,愤然说,世间居然有这样将面具戴得天衣无缝之人!我没有问,心却重了。

遇见世界,遇见生活,遇见她喜欢的和厌恶的。她在长大,她的世界也会变得越来越大,越来越复杂,我不能左右,只能在一边替她担心,就像担心初雪的原野。

希望她开心,希望她仍然单纯,希望她心中更多的是爱与宽容,也希望这个世界能给予她更多的是爱而不是伤害。虽然我知道,我们大人也许本意不想伤害孩子,但伤害却不能避免。

雪在下,大片大片地落在河里不见了踪影,落在树梢的雪,花一样地停在了最高处,是命运吗?其实不过是短暂的不同,最终尘归尘,土归土,有什么区别?

原野上就一行脚印,然后又是一行,清晰得如同印鉴,仿佛不能改变,而我知道,风吹过去时它会消失,一直在下的雪会将它淹没,而明日阳光下,它又在何处?不执着,不,不痴嗔,雪花如烟,我心微喜。

积谷防饥　养儿防老

如今我有什么奢侈非分的物质要求，就会狮子大开口，要求女儿口头预支："以后给妈买个游艇吧，也不用太好，能在太湖附近开开就好。"或者："以后给妈换个好车，我开出去向阿姨们炫耀一下。"再或者："嗯，妈妈新近喜欢玩高尔夫球呢，以后替我付会员费哦。"还有："游泳池要建在家里才好，不然，妈妈不会游，出去游会丢人的。"

女儿总是笑眯眯地说："要买游艇就买大大的，开到大海里比湖里好玩。"或者："以后给你买七辆卡宴，不同颜色，可以让你配衣服。"再或者："开飞机更好玩，以后也可以玩这个。"

甚至说："就盖个大庄园好了，游泳池啊温泉呀、运动场什么的都会有，别担心。"

然后两人相视大笑。我想，以后七老八十，纵然真的有了这些，也比不上如今空中画饼开心自在。

四 冬

有时我也和她说:"好好考大学,考不上就麻烦了,妈妈穷,也没有钱替你开公司,只能出一笔卖咸菜的本钱,以后找个卖鸡的女婿,也好,这辈子杀鸡就不愁了。"她恨得牙痒痒,横眉怒对道:"杀鸡的不行,会有禽流感的。"

我也逗她说:"妈妈以后要靠你的哦,积谷防饥,养儿防老嘛,对不?"

她一派义薄云天地说:"这个当然。我罩你!"

因为小家伙自幼多病,我一个人带着,难免辛苦,很多人看到,就会对她说:"你看,你妈多不容易呐,你要好好孝顺她啊。"

其实,女儿在成长的过程中,她给我的幸福与快乐,远远超过了我所付出的,况且我为她所付出的,都是我全心全意的,所以也是幸福的。如今我很难想象,如果她没有来到我身边,如果她不是这样一个可爱、大气的孩子,我的生活将是什么样子。我的世界、我的生活,一半的苦涩,一半的幸福,全是因为这个变幻无穷的小孩子,她给我带来丰富的体验,人生因此完满。

因为爱你,孩子,以后只要你需要,妈妈当然会在你的身边,但是大部分时间,妈妈更愿意你可以享受自己的时光与自己的生活,而不是照顾妈妈,我更在意的不是你的孝顺,而是你的幸福快乐,宝贝。

我渴望那风那山 那海洋

Wo Kewang Nafeng Nashan Nahaiyang

除 夕

漫无边际的雪，在璀璨的城市烟花光芒里，舞得又热闹又寂寞，那些晶莹的仙子啊，我好像能够看得到她们穿着芭蕾舞鞋的轻盈的脚尖，停栖在我家的窗台上。窗外有几株合欢树，它们的肩上像披了银狐的披肩，高贵而宁静。

再远些，梅花淡红的花蕾上，雪积着，仿佛一夜花开，此时梅借了雪的白，雪沾了梅的香，红尘知己，只一回首的缘分，却在相遇的刹那间分不清彼此。

此刻已经是新年了，我房里的灯光照在窗外的积雪上，雪在灯光里闪烁，仿佛它本身在闪光。天空是橘黄色的，雪花仍然在飘落，斜斜地落下来，又像斜着往上飞翔。

只是因为这一场雪，我的心如此明净，有着盛大的欢喜。此刻，会有谁与我同望天空，为这样无际的美景而叹息？

窗外的鞭炮声渐渐零落起来，雪还在下，夜更深时的雪有一种

四 冬
Dong

神秘，却无人分享。子夜，窗外的雪仍静静地下着，女儿和母亲居然穿了衣服到门口去看雪，我随手拿出相机拍了几张留作纪念。

在桌上看到昨天写下的小楷字，这些天断断续续写几个字。其实不是写字，而是留恋那种宁静的氛围，宁静得像回到古代，回到不能回想起的某个已经消逝的过去，但是我确定曾经有过这样的时光与心情。

我贪恋这样的心情，贪恋这样寂静无人的深夜，执一支笔的温暖。呼吸匀和，内心宁静美好，任时间纷纷萎落脚下，尘世里的忧伤与痛楚不能伤及我。

墨汁在纸上洇开，淡雅的香气弥漫，与玫瑰的花香丝丝相缠。而写字的手渐渐圆熟如意，是岁月里的兰花，在时光的暗处独自萌芽。

雪还在下，就像所有洁白而美丽的日子。

五　又一春

日子越来越简单，
在平凡的世间，我心里的奇迹，
也不过只是有了你。

落雪生香

　　许多人都有等待下雪的情结，我自然也不能免俗。今年的冬天明净温暖，阳光明亮，屋前的梅花无言含苞，慢慢吐露内心的颜色。母亲说，梅花开在雪里，谢在雪里，也不知道是不是真的。也许因为我出生在严酷的冬季，我的性格中有冷漠孤清的一面，所以从小我就喜欢雪天，喜欢冰冻的硬硬的地面，喜欢屋檐下的冰凌，喜欢蜡梅花淡淡的香气。

　　生日的前一天，天下起了雪籽，沙沙的声音，仿佛是一种喜悦轻笑。

　　在路边等出租很久，看着天慢慢地黑下来，从暗蓝到深黑，细雨里的雪粒，打在裸露的手上和伞上，声音有微微的甜意，还有一点点痛。回到家，总觉得是因为窗外有雪，屋里才格外温暖。半夜我到窗口望了望，窗外空调棚上满满一片白，这样的雪，到了睡梦里也是会让人微笑的。

　　生日那天早上，我穿得厚厚的，没吃早餐就出门买菜去，只是

五 又一春

想在雪花里走一走。雪下得断断续续，在空中飞翔，落地时一一遁形，飞雪缥缈，行人稀少。在江南，连雪花也是温暖柔软的，只有在北方，雪才会如鲁迅所说的"坚硬灿烂"吧？我喜欢这样一个人走过空阔的大路回家，四周寂静无人，连鸟与虫也噤了声，脚下的路冻得很硬，结了冰的水面上闪着光，自己的脚步声格外清脆，在耳边静静回响，清晨路灯的光晕里浮着水汽，人像走在时空隧道中，一些过往的事翩然而返。

上班后，窗外飞雪漫天，大朵大朵的雪花在风中卷落，办公室的窗口上灰蓝的帘也卷着，雪隔了窗子直扑过来，它离我如此之近，只要窗一开，它就会落在我的写字桌上。我没有开窗，空调打到最热，屋里只穿一件羊绒衫就可以了。我轻叹着对同事说："坐在这样温暖的屋子里，看窗外那么大的雪花落下来，是多么幸福的事。"快下班时，接到慧慧的电话，我们一起冒着大雪，约了老哥到乡下的农家乐吃饭，窗外白茫茫一片，小小的屋内却暖暖的，家酿的杨梅酒红得美丽。

吃过饭回到办公室，桌上是慧慧送来的一大捧白玫瑰，白到浅绿的花苞上布满了晶莹的水珠，我数了几次也数不清到底是多少朵。她是特地前一天订了，一早亲手包的花。我总是忘记自己的生日，而慧慧却多年来从没有忘记。

我渴望那风那山那海洋

　　屋里有许多绿色植物,茶几上放着我的茶具,紫砂壶的肚子里有暖暖的大红袍,深绿的公道杯与茶盏有晶莹美丽的冰纹。如今我的幸福是如此简单,如此清澈,像窗外明亮又烂漫的雪花。

　　下午接到朋友的电话,说要来喝我的大红袍,然后她冒雪赶来。围炉看雪最宜喝这样温情脉脉的茶,单单是名字,就是一袭松软厚实的裘衣,有一种慵倦的幸福。

　　我是个粗疏之人,之前一个人喝这款红茶,并不知道它的好,喝过后就收了起来。因为窗外有雪,所以更容易打开一罐茶的内心,如打开一个人的心情。杯中汤色清亮,望去满眼深挚的红,入口香入骨髓却淡至无痕,令我想起幽居深山的梅花,想起无边雪原中的木屋与屋里的火炉。

　　雪停了,气温仍然很低,隔窗往外看,天色温暖明亮,一屋子全是白玫瑰清冷的香气,昨天拆开了抱也抱不住的一大捧玫瑰花,办公室里插了一瓶,往家里带了一把,其他的分给了同事,都说赠人玫瑰,手有余香,怪不得慧慧像花那样漂亮。

　　生日是开心的事,也是这样滴水成冰的天气,父母带我来到这个世界上,认识了那么多的人,在漫漫红尘中一直往前走,经历生命,经历爱。

　　要感谢我的父母给了我这样好的人生,家里有那么多的好书可以读,父母的宠爱保护了敏感的我及脆弱的骄傲,在我以后的人生

五 又一春

中，因为曾经拥有这些，即使面对生活中的艰辛，我也能微笑。我从小就是个忧郁的孩子，我的女儿却永远阳光灿烂，永远不知忧愁，她是我生命里的太阳，照彻我性格中的阴郁部分，我要感谢她，不仅仅因为她使我的生命得以延续，更因为她蓬勃的爱充满了生命的力量，给了我无法言述的喜悦与希望。

生活虽然琐屑却依然幸福，我是那个懂得珍惜的人。我不会像年轻时那样沮丧和失望，因为我也爱这雪后的明净天空，天空里的洁白云朵，以及梅花开满山坡。

孤独并不可怕，因为终会有人懂得，梅花的等待也并不辛苦，因为雪终会到来。

遥远的他乡在梦中

朋友安行刚从西藏回来,就将两张储存卡送到了我的办公室。正是中午,空调微微响着,窗外暑热里蒸腾着干燥的灰烬与硫黄味儿,空气像已经燃烧过了一样。

我从食堂端来冰镇的绿豆汤交到他手上,然后在电脑上打开了照片,拍的多是些自然风光。安行本是个画师,虽然行色匆匆,但照片仍然构图规整,冰封雪锁的山峦,悠然自得的白云,清澈冰凉到极致的水,一色的白与蓝,却有无穷的层次一点一点铺张开来。他还拍了街景、寺庙、僧侣、美女和牛羊满地的草原。

看着这些照片,我心里沁满了冰雪,突然有了错觉:窗外明亮的阳光,像远处雪山返照的光芒。

安行是我年轻时认识的朋友,六十多岁了,却有一颗可爱的童心,他吃完绿豆汤,开始滔滔不绝地开讲他的西藏之行,他在任何

五 又一春

地方，总是有惊人之举，这次他居然在纳木错湖边吹箫。

人家气都喘不过来，他还吹箫？于是我问他："你没有高原反应啊？"

他说："有一点，但是这一整车人，我是最好的。"又说："我明年还要去，你一起去吗？"

我说："我今年就计划要去了，也许过些日子，我就去了。"

一直向往去青藏高原，几年前甚至与朋友们组好了团，找好了旅行社，定了线路，我甚至买好了包，替相机买了储存卡什么的，后来却又拆了团，没去成。因为组织时太高调，所以即使到现在，有时单位同事还会与我开去西藏的玩笑。

这两年突然觉得自己的身体真的在慢慢变得脆弱，就像一棵秋天的树，所以就不太提到西藏了，像一个曾经的旧梦不再被重温。

春末的时候接到同学电话，说要去西藏，是找一辆越野车，边拍边走，随心可意，问我去不去？

我不假思索地回答道："去呵，当然去。"

答完，吓自己一跳，原来青藏高原的梦，一直在岁月的冰霜下潜伏，等待八月的萌芽啊。却又觉得身体不太好，也不知是不是真的，也许只是担心自己有高原反应，怕影响约了同去的朋友，所以先仿佛有反应了？

在纳木错湖边吹箫的安行,接到瑞士大使馆的邀请,请他参加一个音乐会,音乐家来自世界各地,而中国只有他一个。他的音乐和美术全然不是科班出身,却样样做得不错,除了天资和悟性外,恐怕是因为他有那样纯净的童心吧,像雪山高原的水,没有弯路,可以直达事物的中心。

若能站在青藏高原的白云蓝天之下、雪山之谷、冰湖之畔,听他一曲长箫,是否我们的心也可以单纯得像一片半透明的云?

五 又一春

布谷声里春深如海

站在一个农家小院落门口,眯了眼看斜阳从山的背后一直滑下去,山风微凉,心情像被吹散了的满天柳絮,无着无落,再也收拾不得,便任它一路零乱下去。屋子里有朋友在说话,隐约有笑声传过来,风一吹,也散了。

春深如海,亦如寂寞。突然有软软的声音耳语般响起:"布谷!布谷……"心不由自主地一动,捎带着一点点痛感。"庄生晓梦迷蝴蝶,望帝春心托杜鹃。"杜鹃的叫声,真的是一声声"不如归去"么?

鸟儿还在节奏平缓地叫着,因为有了久远的传说,听起来有一丝的凄婉,让人心中不忍。想起生活中许许多多的事,自己的和别人的,很久之前的和近来的,在春天西下的夕阳中,是一片片落在尘土中的叶子,叶脉清晰如画,历尽的风霜雨雪仍然还在,却再也不能回到枝头上去,就这样慢慢老去,经历过,经历着,看到过去,却看不到将来。也好,无论在枝上还是在地上,不如归去,可是何

我渴望那风那山那海洋

处又是故乡？

寻觅的人总是累，不如让一切自己到来，经历应当经历的，放弃应当放弃的，到春天的时候，听杜鹃的催促，布谷也好，归去也对。

回想在郭洞和闺蜜一起玩的两天，是浸在笑声里的。风从高到看不见树冠的枫香和红豆杉的树叶间吹到发上，有一种隔了无数年代的陈香。竹筒饭的香味飘浮不定，如衣月色，空气里还有各种各样的花香。只觉得我们在另一个时空里，寂静的远山沉睡在古老的历史中，整个世界只剩亭子中的半桌人、一瓶酒和成群结队晃荡的狗。

清晨，阳光照透了树冠，落在地上是斑驳陆离的影子。农舍的晨烟绕过屋檐，对面临街的窗子在初阳中闪闪发光。我们坐在亭子里吃着早餐，喝着早茶，说着昨晚遇到的鬼屋和诡异无比的旅舍。我说：“我要将这些写下来，写得很搞笑。”一眼看过去全是笑脸。

生命究竟会给我们留下多少这样的快乐？

回来后傻睡了一天，任手机没电，也不上网，更不与人联系，这样的睡眠，抽掉了意识，没有一点点的力气，仿佛只有郭洞树隙间的阳光在眼前晃动。

晚上有朋友来玩，才终于与这世界有了联系，知道了一些刚发

五 又一春

生的事，心往下一直沉，麻木与痛惜。一阵风吹开我的窗帘，风吹得我一阵发颤，无所祈求，无能为力，只希望我的朋友安好。收的短信说："很想时间能够倒退，也许以后没有那么开心在一起的日子了。"

我低了头，慢慢回信："不会的，我们还会开心的，所有不开心的日子都会过去。"

希望是这样，希望所有的伤口都能在时间中慢慢结痂，我坚定成熟的朋友与淡定纯洁的朋友，会相互搀扶走过阴霾满天的日子。我希望我们能一起擦拭忧伤的日子，让它渐渐明亮起来。

尘世间充满了无奈、变故、分离，而我们只能在这生活的空隙中，寻找我们平凡甚至卑微的快乐。所有的一切都会过去，所有的一切，最后留下的只是记忆。当我们离开，无法带走这个世界上的阳光、风和其他一切美好的东西，我们能真正带走的，也不过只是自己的记忆。记忆中的人，他们的青春，都像花一样会在时光的水中复活。

多么好的阳光与春天，我希望在我们老去的时候，也能够在这样的阳光下，笑说起郭洞和以后所有快乐的日子。

散乱的心绪，不知道如何捕捉，风一吹，也散了。深山斜阳，杜鹃还在一声声地叫着，愈来愈远了，田地里，尚在劳作的农民已经成了剪影，淡如薄纱的月儿早早贴在了淡蓝的天角了。

我渴望那风那山那海洋

木石前盟

女友到办公室看我,和我挨着看网上的文章。她看到了我手腕上的手串,惊呼漂亮,然后就坚定地索要。她说得可怜,但是对我手串的喜欢却那样确定:"只是借我戴几天也好。"

我有点不舍,一眼看到她手腕中绿莹莹的翡翠镯子,知道这是她的心爱之物,便笑着说:"和你手上的玉镯换如何?"

不知是真是假,她作势要取下她的玉镯,取着有点紧就说:"要点肥皂才能取下来。"说罢就去找肥皂。我终于心软,无奈地对她叫:"别取了!我送你好了。"这样的手串,赠给那样懂得珍惜的人,也算是合适的吧。

我取下我的手串最后把玩,这样的手串其实也恰好配我这样的草木之人。当初在九华山上邂逅这只手串,是在一个不起眼的小店里,在各式各样精致的佛珠与首饰之间,它是那样的不同:由不同的树籽和玉石串起来,主料从菩提珠到山杏核直至其他,不知什么树种,每一颗都是不同的,有不同的形状、大小和颜色,仿佛是一

五 又一春

颗颗内敛不语的心,又仿佛随时会开口说出往日的风雨历程,随时会生长成一棵棵不知名的树;辅料是淡红珊瑚、纯白玉石及其他石头,洁净整齐,像一种坚定的信仰,也像一种平和的秩序。

我当时不知为什么就想起《红楼梦》中宝玉曾在梦中说过的话,大意是:"我才不信什么金玉良缘,我要的是木石前盟。"木石虽有盟,但又何其脆弱!这手串,在我心里悄悄唤它:木石前盟。

这一类的小店,价格总是让人感到安心,但同去的一个同事也要买它,小店却只此一串。她是个热情的丫头,笑着叫:"这串好奇怪是不是?我要了。"

我一向不习惯与人争,所以就淡淡说道:"我不要了,给你吧。"但内心却有点黯然;就像曾经喜欢的人,却因世事变更,终于难以为继,只能转身而去。

我依然微笑,却不甘心,接着向小店老板问个不停:"家里还有没有?没有?那么又是从哪儿进的货?久了记不得了?那么知不知道哪个店里还有这样的?知道吗?不知道?"

终于失望,默默离开,但是生活总是有新的惊喜,离开小店后,在街道拐角处,我善解人意的小同事笑容明亮地向我伸出手来,粉红手心里明晃晃躺着手串:"姐姐,我买了其实就是为送你的。"

小小的手串在我腕上温驯蜷伏,那样熟稔与亲切,像曾经离开得很远很久却终于回来一样似的,时间与空间全部失去了意义。我轻轻抚摸每一颗珠子:沙沙的粗糙与柔滑的精致,温暖的木质与冰冷的玉石,那样和谐地相拥,仿佛真的在前世曾有约定:在一起。

  回湖州后,我一真没有戴它,我手上常戴的是一只玉镯,有时是一串沉香,因为这两串更为家常,它们有一种淡定的气质,不像"木石前盟"那样特别,而我更喜欢不被人注意。果然,这次"木石前盟"只戴上了几天就被人家喜欢上了。年轻时总以为自己是个有点特别的女人,但是其实相似的人很多,喜欢的东西也是一样的。

五 又一春

空山新雨后

一早到埭溪去,路上水汽弥漫,太阳光是毛茸茸的,近山远山层次分明。只觉得山色绿得好看,层层叠叠深深浅浅地搭配,恰到好处,空气明澈,闻上去有一种清新的氧气味道,一直走到肺泡的深处,心情真是舒展。

山里人稀奇水,当地人特意告诉我们:老虎潭水库开始蓄水了。记得春末的时候跟了朋友们去埭溪玩,路过建设中的水库时还特意停下来,站在高处,满怀豪情地眺望远山,就像站在云层中俯瞰红尘,有一种超越世俗的喜悦:好大啊!环滁皆山,层峦叠嶂,库底道路纵横交错,来来往往的汽车小得就像一辆辆玩具车。当时我就想:要是蓄了水,不知怎样好看呢!但是那么大的水库,要有多少水才能积起来啊?

中午的大雨当得起"倾盆"二字。对面的山顶上,惊雷落在院墙,在耳边一一炸响,四周的山在狂乱中此起彼落,如奔跑如舞蹈,

五 又一春

停在屋前的小车全响起了警报,灯光闪闪。

雨下得并不长久,这样的激情,谁能保持永远?它慢慢变小变细,变得缠绵,情意绵绵地扯开,仿佛从没有这样狂暴过。

很多东西,慢慢积累着的时候都是不知不觉的,<u>丝丝缕缕</u>,点点滴滴,当你发现它时,它已经像一个结局,让人无力回天了,比如感情,比如水库。它们最初的样子虽然仍然清晰无比,却永远不会回来,因为在时间里,谁也无法逆向行驶。

过去像云烟一样围绕我们,在引领我们的今天,伸手时却什么也握不住;未来更像一束光线,可以期待却变幻无常,遥不可及;所以我更喜欢现在,虽然有缺憾,但是它明确而具体,可以看到并且拥有。

在小雨里慢慢地经过水库,已经没有了来时的朦胧与淡雅,空山新雨后,空气更加清新,虽然它们本是透明的,但我还是想说它有晶莹剔透的质感,有盈盈的绿色,在这儿呼吸,是一种沉浸。

像想象中一样,缥缈的水啊!我知道为什么老是有人用轻纱来形容水,我没有想象力,所以还是觉得这老套的比喻最为贴切,以往桥上的笑语,也像轻纱一样悬浮在逝去的季节里。

车慢慢在窄小的公路桥上驶向尘世,路边的竹林和近处的树枝

我渴望那风那山那海洋

叶分明,树干千姿百态,像在水墨册页上所见到的山水,真是让人耳聪目明,这么好看的山。

好看的山,好看的水,好看的世界。

五 又一春

You Yi Chun

那些往日的风啊始终在

看不到风,却能感觉到风在我们身边。忘记在哪儿看到这句话了,原来的话更为诗意和轻灵,我只是记住了它的意思。

夜晚,我酒至微醺,一个人走在小区的河边,结满薄冰的河面,在月光下奇幻地闪光,我觉得只要我移开视线,冰上就会有小仙子翩翩起舞,也许真的有童话世界。突然我觉得有点冷,夜是一件衣服,寒意是另一件。风吹起我额头零乱的发,也吹动了落尽叶子的杨柳,此时夜色沉静,除了我,谁也没有看到,我却想起那句:风在。

到年关,朋友们总是找得到各种各样的理由聚会,今天是虹的外贸公司的年夜饭,在一派法国风情的枫丹白露酒店,虹来湖州开外贸公司近一年了,她公司因不在我们局的辖区,所以我知道得很少,只是隐约知道经营得并不理想,她的住处离我很近,隔些日子一起吃个饭喝个茶。

年夜饭是与同事萍一同去吃的,萍酒量过人,为人也是极为爽朗,所以上次与虹一见如故,虹约我们时,她先我一口答应了下来。小公司的夜宴,只满满一大桌人,开心的夜晚,酒都喝得爽快,明月静泊窗外。

虹酒量稍弱些,没多久,脸色驼红,卷发半盖额头,半倚在纯白裘皮外套上,笑对萍道:"我和星星,十七岁到今天的朋友了,我到这个城市来办公司,有一个重要原因也是为了能常常可以见到她。"我喝得笨笨的,一回头,恰好听到。

想起十七岁的虹,梳着一个蓬蓬的马尾巴辫,上面扎着一块牙边的花手帕,连衣裙飘飘,笑声银铃一样四处飘洒,在学校算是引领时尚潮流了,而我那时傻傻的,瘦瘦的,衣着简单朴素,麻花辫编得随意马虎,神情忧郁,内心骄傲。

宿舍里每个女孩子都有一个从外国小说里找到的名字,相互叫着玩,那时虹的名字是莫泊桑短篇小说《项链》里爱漂亮的女主角"玛蒂尔德",而我的名字是"简",很久很久之后,我们还用这个名字给对方写信。从宿舍走出来往左拐一个弯,有一丛粉色蔷薇,花从春末开到盛夏,我总是悄悄折一朵夹在书中,蔷薇花一样轻盈的粉红日子,也像蔷薇花一样短暂,高考过后,纷纷落在尘埃中。

许多年过去了,时光比落花更容易零落成泥,辗作尘土。但是风始终在,在每一个夏季吹开蔷薇,带来远处的消息。

五 又一春

我刚调到湖州时,虹在家乡的实业做得红红火火,她对四处奔波找房子的我说:"星星,房子就买得好一点吧,要是钱不够,就到我这儿拿吧。"我委屈道:"借钱要还的,我不想负担太重。"

她笑道:"你怕什么?我又不等钱用,你等孩子长大了再还也不迟的。"说得我心里暖暖的。她甚至从外地跑到湖州来替我看房子。可是生活充满了变数,她家庭与事业都出了问题,刹那间沧海桑田的变幻,不只是青丝上落满霜雪那样简单。

我在湖州终于有了自己的家,只欠银行小小的一笔钱。清晨,我赖在松软的羽绒被里,阳光与雀鸣隔了一层薄薄的白色窗帘,隐约可见可闻,想起曾经帮助过我的朋友,想起拘谨的我甚至没有向谁开口借钱,却在短短十天里筹齐了买房的全部现金,心里满是温暖与安定。

现在是凌晨,我坐在电脑前打字,窗外风声细细,窗上水汽蔓延,外面很冷啊,结了冰的水面上,不知暗夜里的精灵是否仍在跳舞?那些暗夜里的仙子们,蜡梅和水仙,是不是也在悄悄打开她们的香水瓶?还有枫叶、银杏叶什么的,也一定在风中踮着脚尖四处旅行吧?我听到了他们绽开和走动的声音了。

我的朋友,你睡下了吗?夜这么深沉,你睡着了吧?那么,让它们绽开在你甜蜜的梦境中吧。

我渴望
那风那山
那海洋

Wo Kewang Nafeng
Nashan Nahaiyang

岁月好　是因为你在长大

临近年关，下班时同事对我说："你明天就别来上班了，搞卫生什么有我们呢。"我笑着谢了。早晨睡到自然醒，睁眼时，阳光像清水一样泼在床头，想到昨天气象预报零下五摄氏度，我从软软的热被窝里把手伸出来试探一下，真的冷，又懒了一会儿。

吃了早餐去上班，三个同事都在，看我又巴巴地赶来很是惊讶，想到过年这几天空调会关，就将我怕冷的花移到向南的窗口去，好歹也能照到些阳光，原先养在小玻璃缸中的金鱼，换到了大脸盆里，这样不至于缺氧，桌上也整理了一番，接着打扫了卫生，临走时，看到生日那天朋友送来的一盆菠萝花，开得正好，想到热带植物怕冷，就拎了出来，带回家。

我站在路边等了半天出租车，虽然穿着睡袋一样长的羽绒服，地主婆一样围着厚厚的大披肩，但还是冷。风一直往衣服里面钻，一眼看去，所有的出租车都有人，公交车遥遥无期。

新建通往家里的大桥已经初步落成，却没有通车，远远望去，

五 又一春

人迹杳然，我们小区边上的第四中学的屋顶却清晰可见，看上去很近。我做了一个让我后悔的决定：也就几步路，走过去算了。

抱着一盆花，我开始了我的傻瓜之旅，刚开始还很开心，走到桥上看到厚厚的积冰，看看四处没有人，我还跑过去使劲跺了一脚，冰哗的裂变成一幅蛛网图，但走着走着就觉得不对了，我看到的屋顶是永远走不到的，风很大很冷，虽然是顺风，但手中的花盆越来越重，两个手臂又酸又痛，因为封道，四处没有行人，更不要说出租车了，我却走不动了。

我好几次想扔下花，但想到这是朋友的心意，况且又抱着走了那么多路了，放在路边看了半天，花儿又明亮又大方，油亮的叶片在风中翻动，像春天水底的蔓草，想了好久还是舍不得。

风太大了，就像一个人在背后推着，风吹在脸上痛得仿佛随时会裂开。怕母亲等我吃饭，就打电话回家，是女儿接的，听我说了情况，说："妈妈，你在什么方位？我来接你。"

沿着公路继续慢慢往回走，路边是推倒一半和拆了一半的民房，想起去年还在附近拍照，全是乡村景色，不免感慨，那些绿色的乡村，慢慢地被沙漠一样的城市"沙化"了。

远远看到女儿天蓝色的羽绒服。小家伙逆着风，如男孩子一般使劲地蹬着车，幅度很大，人一晃一晃的，风太大，她看上去像逆风的船。我心中又是温暖又是心疼，身上却顿时有了力气。

很快近了,小家伙被风吹得满脸通红,半是得意半是开心地说:"妈妈,我终于接到你了!风吹着我骑不快,心里急呢,风太大,眼睛都睁不开的。"又说:"妈妈,你冷不冷?"然后接过我的花放在她的自行车车篮里。她没有戴手套,毛衣拉出来半盖着手背,手冻得像冰一样冷,风吹得眼睛流着泪,问她为什么不戴围巾、手套,她说是急着出来忘记戴了。我取下我的披肩给她围上,她坚决不肯,说不喜欢毛毛围巾,让她先骑走,也不肯,要和我一起回家,最后还是拗不过她。

女儿走在边上,身高已经超过了我,她边笑边说,比阳光更暖。想起她刚出生时柔弱的样子,想起因为产伤而无良医院曾劝我"处理掉"她,想起成长过程中的种种,心里感慨汇聚成一句:如今,她终于快要长大了。

五 又一春

送一把雨伞给春天

相对无情而去的春季而言，看似无情的冬季，却一再回头，在春意盎然的几天后，又突然降温。上班后越来越冷，不放心女儿穿着单薄的衣服去上学，回家取了衣服给她送去，隔着教室的窗看到女儿，坐在最后一排端端正正的样子，我的心就突然牵了一下，觉得好远啊。

下班时下着雨，撑了伞出来，搭档正好开车从身边经过，看到路边的我就开了车门，说送我回家，车到女儿学校门口时，雨更大了，想起女儿没带伞，我下车谢过同事，就在校门口等女儿。

有细小的冰晶夹在雨中迸跳着，我不知道这算是冰雹还是砂雪，呆呆地立在校门口，也记不得有多久没有接过她了。想起她以前读小学时，我几乎每天等她放学。江南多雨，许多时候就是这样撑着伞在她学校门口等，等很久。

有很久没有这样两人合用一把伞回家,雨点很密,两个人只能各撑一半,她推着自行车的手臂完全在淋雨,湿得一塌糊涂,我想尽量地多撑着她一些,而她始终在和我推来推去,说她没关系。

真是个懂事的孩子。一直以来,她总是在和我一起分担生活的种种,给我带来无限的喜悦与安慰。我对她说着菱湖老家的人与事,她却在说学校的生活,我们两个像小姐妹一样抢话题。

她终于问起我菱湖的朋友,还有菱湖老房子里的书,我们在雨中回想起菱湖,那个四面环水,人在镜上的小镇。细雨杨花里的老房子,屋前大树上的喜鹊才刚刚唱起,浅紫色泡桐花便落了一地。

问一问爱究竟是什么

女儿收拾了书包,坐在我电脑边,说:"妈妈,你说爱情是什么?"

我一边玩游戏,一边怔怔道:"怎么问得这么八卦?"

女儿不满道:"怎么问爱情就八卦了?老师让我们问家长的,明天课堂上要回答呢。"

我住了手,认真想了半天,却不知怎么回答,半响才说:"这个啊,是心灵与心灵的相遇与碰撞,擦出了火花。"

女儿失笑道:"老妈,你怎么回答得这么老土的?算了算了,我随便编编也比这个强。"还没说完便扬长而去。过了一会她又进房间里来,替我关了电视,对坐在电脑桌前的我说:"妈,我去睡了,你也早点睡啊!天气冷了呢。"

怎么一下子到了女儿讨论爱情的年龄了?突然有点感慨,窗外有风的声音,像时间掠过。

五 又一春

第二天整理旧衣物,翻到女儿的一件旧衣服,纯棉针织布,戴着帽子,上半部分是白色的,胸口绣着一只小猫,衣服下半部分是蓝白条子,虽然白色部分已经微微泛黄,但是依然可爱,因为它是那样小,小到让我记起女儿小时候侧着头对我笑时萌萌的样子。

这件衣服是我自己做的,那时候,我买了书,依样画葫芦替女儿做了不少衣服,小块的纯棉的零头布,在剪刀与缝纫机之间转上一圈,就成了洋气好看的小衣服。端午节,买上土气又可爱的老虎布,也替她做上一身,为的是希望她从此健康。她却偏偏多病多灾,仿佛有我怎么握也握不住的脆弱。

越是多病的孩子往往越懂事,她不哭不闹,很乖地吃药,黄连和黄柏那样苦的中药,也能一大碗一大碗地像喝可乐那样喝下,喝了还笑嘻嘻问:"妈妈,我乖哇?"

挂水也从不哭,有时护士打了几次不成功,她含着眼泪安慰说:"阿姨,没关系,我不疼的。"有时候小手静脉扎得无处可以下针了,她会跟护士商量:"阿姨,你别怕,我脚上有根很好的静脉呢,打脚上好了。"而脚上这根静脉,因为经常打,最后静脉变硬了。

她有一次因菌痢发高烧到四十摄氏度,青霉素又过敏,小镇上的医生没有更好的办法,给她用红霉素,红霉素胃肠道反应大,小家伙就一直呕吐,吐到最后就全是黄绿色的水了,小脸煞白,半眯着眼,神情委顿,我抱她在怀里,唯一能做的只有心痛无奈。她爱干净，一次又一次呕吐后，我一次又一次跑到卫生间找来拖把将地拖干净，心疼得缩成一团，恨自己不能照顾好她，恨不能替她生病。

这个四岁的孩子，高烧四十摄氏度并且不断地在呕吐，你猜她对我说什么？她不说她头痛，不说她肚子难受，不说她一点力气都没有，她不哭不闹，静静地对我说："妈妈，你对我这么好，我长大了怎样报答你才好啊！"

当时我就哭了，这句温暖的话我会一辈子记得的。

生下女儿后，我一直不喜欢春天与秋天，不喜欢花开，也不喜欢收获，因为这两个季节，是孩子过敏生病的季节。如今，尽管孩子已经高过了我，尽管她看上去已经很健康，我还是会在半夜起床，替她盖上蹬开的被子，只要她有一点点感冒的迹象，我还会神经质地紧张起来。我无法忘记那些整夜无眠的日子，在冰凉的长夜等待天亮的心情，那些奔波与期待，那些眼泪，那些心中空荡荡的时候。

女儿对同学说："小时候我发烧挂水，我妈妈想让我躺下，用两个椅子拼起来，长度不够，中间空着，她就一直蹲着，用膝盖补上那个空的地方，我就想，长大了我要对妈妈好，让她开心。"那个女孩子告诉我时，我心中一痛，我忘记的部分，她却记着。

我会重新喜欢春天与秋天，喜欢花朵与果实，喜欢芦花漫漫，雪一样飞过水面，喜欢洒满阳光的漫漫长路。

五 又一春

做一天山居的主人

曾经有人问我:"幸福是什么?"我记不得当时的回答了,但我今天会说:"住在宁静的山居,房间外有向阳的宽敞露台,露台上有原木桌椅,桌上有精美瓷杯,杯上有浅红色玫瑰,杯子里有香香的现磨咖啡和清香的茶。"

"四周还要有大片竹林和松树,林子里有鸟鸣,鸡在有阳光的地方觅食。"

"远处要有稻田,要有菜地,还要有远山,空气要清新。"

"屋子里要有炭火暖暖地烧着,要有木头燃烧时的清香,家里要有笨笨的桌椅家具,全是原木的,地是糙糙的砖地,裸砖铺的厨房是洁净的,厨房要错落有致地放着精美的厨具。"

"远处要有狗吠,山间零散的村居在斜阳里就像是可以安放心的地方。"

在山间，宁静的露台，原木桌椅，空气中满是咖啡与茶的香，还有竹林和鸡。在露台上可以看到田野与菜地，狗叫声有点远却清晰。

姐姐在露台上生了炭炉端回家，屋里暖烘烘的，火在跳跃，火中烘着几个芋艿，几个人围坐在一起随口闲聊，让我无端地想起童年，想起一切温暖的往事、爱的心情。

用火钳夹出烧得焦焦的芋艿，摸在手里烫烫的，剥开黑色的壳时一股植物的香味夹带着焦味扑面而来，里面的肉，粉粉的带点焦黄，很是好吃，只是手成了黑爪子了。

竹篮子里的菜刚从地上摘来，绿中略带点黄，一片片叶子怀抱内心，我却偏偏打开细看。

阳光苍茫散乱，天空却是一脉透明的蓝，透过百叶窗的光线，柔和得像炉中的火苗。大家说说笑笑地做着饭菜，红酒带着橡木桶与水果成熟的香在杯子里轻晃。

要是窗外有大雪纷纷扬扬，又会是怎样的情境？如果大雪封山，我愿意躲在这样的山居里，不问人世间的纷扰，吃菜饭芋艿，听雪压折竹梢，收留过往的走兽鸟雀，等待来年春天回来。

想得发了痴，只听得姐姐笑着说一句："多好的山里，可惜不

五 又一春

是我的房子啊。"

　　管他谁的房子呢，住着就好，就是这景色这心情的主人，人生就是这样的日子一颗颗缀起，却难得这样宁静的好，今天这一颗，晶莹干净，犹如村间溪水里的石子。

浓情藏北 叫我如何不怀念

进藏后我们一直在山水之间流连,亲近的是山水,吃的却依然是江南的菜,虽然偶尔在吃饭时有藏族女子献歌,也能在街上远远地看见衣饰华美的藏族人民,其实离藏族文化还是很远。越是接近回家的日子,我越是希望了解这个神秘的民族,所以一直吵着要去喝酥油茶,吃藏族饭,终于在将要离开的前一天,玩过罗布林卡,接下来的全部时间是去八角街。

从罗布林卡出来,招手要了一辆三轮车,车主是一个三十岁左右的黑黑的年轻人,个子不高,眉眼却端正俊秀。

路很远,寂静的路边是拉萨河高高的堤岸,清风徐来长发翻飞,风景奇特美丽,我与琴恍若远在世外,嘻嘻哈哈指指点点,我坐在三轮车上还拿着相机乱拍,三轮车夫忽然回头对我说:"你们要拍照,就上堤岸上拍吧!"

在内地久了,就有了防备之心,我怕他半路丢下我们跑掉,就坚决不肯,他有点不解,边骑车边说:"时间又早,我还会等你们,

五 又一春

为什么不看景色?你们不是为看景色来的吗?"

我有点惭愧,就解释说:"我们要到八角街,喝酥油茶去。"

他惊讶地回头,用拗口的普通话说:"走那么远就是为了喝酥油茶啊?唉,我家就是远些,要不就可以到我家,送你们喝,想喝多少都行。"

我笑着说着汉族人民的客套话:"时间不够了,下次来的时候,一定去。"

他认真道:"下次你什么时候再来?又怎么找得到我啊?"

我不知道说什么才好,只有沉默。

蓝天澄澈,白云悠然,心像鸟儿一样振翅欲飞,我心旷神怡无从表达,就轻轻地吹起了口哨,一阵更为嘹亮的口哨大鸟一样振翅而起,明亮快乐,是骑三轮车的年轻人在吹,他回头笑一个,继续吹。

到八角街后和他合了影,我说:"你把地址留给我,给你寄照片。"

他不解:"什么叫地址?你给我电话?你说是什么?"讲了半天,怎么也解释不清楚,原来他不认识字。翻开琴的相机,我与他的合影,一张是他笑着扭头看我,另一张是他眯着眼认真看前方,只可惜他是看不到照片了。

从三轮车上下来,我提着相机一边乱拍一边走,衣着精致的藏族美女,撑着蕾丝花边伞走在艳阳下,看到我在拍她,停了脚,侧身微笑,摆了个漂亮的姿势。一个年轻的欧洲人,高个儿,头顶顶着他可爱的孩子边唱边走;几个老人衣饰明艳,手拿转经筒,匆匆忙忙地穿过街道……终于找到一个藏族饭店,店在二楼,下面是卖饰品的商场,沿着楼梯走上去,眼前豁然开朗:大约有五十平方米,很漂亮明丽的藏式布置,墙上是唐卡,架子上是各式铜质奶茶壶,一男一女两个服务员,老板四十岁左右,站在高高的柜台后面,很干净也很安静,店里除了我们,只有一对年轻人,还有音乐。

我坐在临街的窗台上看外面热闹的街道,世界离我又远又近,时间和生命在窗外的阳光下静静流过。这么些天来,生命承受了极大的考验,心绪像屋外的云层变幻不定,我拿出我的相机来看。

在火车上拍摄了沙丘绿荫,无边无际的沙原上,眼睛也成了灰蒙蒙的黄,这一小片突然出现的绿色,何其珍贵!是因为水吧,水在暗处潜行,荒原的尘埃里就生长了树、草以及其他生命。我只是一个过客,照片上模糊的近处可以看到我的匆忙,但是我却长久地为这一抹绿色感动。

错那湖月影,也是在火车上匆忙拍下的,据说它是世界上最高的淡水湖。邂逅,目光与心,还有我的相机一直在追随,为一个湖而惊艳,虽然在此之前我已经看过美到极致的羊湖与纳木错湖。太蓝的天与水,太纯净的视野和洁净的云,况且,还有那样宁静的月亮。

五　又一春

You Yi Chun

在可可西里邂逅藏羚羊，当时，窗外偶然闪过的藏羚羊让我放弃了用餐，挤在窗前，发痴一样用我 18-135 的破镜头乱拍，同去的朋友让我别拍了，没用的，因为精灵一样的藏羚羊跑起来像风，又离得太远，好在我乱拍一气，狂轰滥炸的拍摄方式，也终于让我找到几张还能看到藏羚羊影子的照片，有雪山那样美丽的背景。

也只有这样纯净的动物，才配得上别样绝美的景色。